君比閱讀廊
成長路上系列⑧

誰明星兒心

君比 著

山邊出版社有限公司

前言

君比曾說過：「好的兒童文學作品應該是一盞明燈，為孩子照亮前路。作家本着良心去創作，想着用心去寫有意義的題材，為有需要的兒童發聲，讓人們知道他們的所思所想，所面對的困惑。」正是基於這樣的使命感，君比切切實實地走近少年兒童身邊，關注他們身上發生的事情，聆聽他們的傾訴，了解他們的心聲，排解他們的困擾。

十多年來，君比走訪了多間協助少年兒童解困的機構，如荷蘭宿舍、聖馬可宿舍、協青社、小童羣益會等，也走訪了一些傳統名校和普通學校，實地採訪他們的故事。這些受訪者中，既有「問題兒童／少年」，也有品學兼優的「乖學生」，他們都曾面對成長路上的困惑。

二十一世紀是一個社會經濟高度發展、科技資訊日新月異的年代，生活的五光十色，物質的富裕，繁忙的生活節奏引致人與人之間的疏離等等，這一切都令這一代少年兒童的心智比以往的同齡人早熟，也面對着更多的誘惑和挑戰。同樣的，也帶給他們成長路上更大的困惑。

君比的作品，正是全面展示了這一代少年兒童的成長足跡。她筆下的人物形象，有援交少女，有濫藥少年，有千禧港孩，有資優生，有孝心女兒……她以發生於現實生活的真實故事，再輔以文學創作的手法，向讀者展示了當今少年兒童雜複，甚至或許不被成人完全了解的真實一面。

例如援交少女，普遍被認為是貪慕虛榮，但有誰想到，有的援交少女只是想減輕單親母親的生活重擔？有誰想到，人人以負面態度視之的港孩，他們並不是真的想嬌慣地享受家人的照顧？有誰想到，被同學羨慕、老師讚賞的資優生，也會有被同學排擠的煩惱……

君比筆下的故事甚多觸及敏感的題材，如家庭暴力、未婚懷孕等，當中不少故事令人讀着忍不住淚下。有人擔心這樣的作品是否適合成長中的少年兒童看呢？會不會給小讀者帶來壞的學習榜樣呢？令人欣慰的是，從讀者給君比作品寫的序，以及在臉書（Facebook）上給她的留言中看到，這些作品帶給了小讀者正能量：他們有的從故事主角不幸的遭遇中學懂珍惜自己擁有的幸福；有的從故事主角的身上得到啟迪，找到前進的方向。有的老師和家長則從中看到「叛逆少年兒童」內心的善良，從而去掉對他們的偏見。

君比的作品觸及敏感題材，但不渲染。她描述故事主角的不幸遭遇，但故事的結局都是正面的，他們的身邊總有師長教給他們正確的人生觀和價值觀。君比作品反映的是時下少年兒童的真實心聲，因此引起他們的強烈共鳴，被視為他們成長路上的心靈導師。

《成長路上系列》希望這些以真實生活事件為故事藍本的勵志感人故事，給廣大的少年兒童讀者帶來勇於面對成長路上各種挑戰的正能量，令他們以積極樂觀的態度面對生活中的各種困難，並學會自重、自愛、自強，學會感恩、珍惜。

目錄

contents

自序

君比

快到尖沙咀站，是時候要下車了。我帶着口罩，坐着一位男士的旁邊，準備下車時，竟然發覺半張臉突然抽筋！

手和腳抽筋，很人都會經歷過，但半張臉的劇烈抽筋，令我說不出話，令我不斷往後縮，我更不能和先生溝通，在這個時候，我馬上聯想到更可怕的事——死亡。

我是否會死在這地鐵車廂裏？

我想跟我丈夫說話，但張開的嘴，什麼也說不出。

身邊的一位男士開始問我了：「這位女士發生什麼事？我是醫生，可以幫忙！」

太好了！現在我有需要的時候，有醫生可以幫忙！

但竟然我的丈夫跟那一位醫生說：

「我們正要在這個站下車，去見腦科醫生，我們自己去可以啦！謝謝！」

半張臉的抽筋，持續了多少，我忘記了，但我的手腳好像靈活自如。丈夫保持鎮靜，由他拖着我走去診所，那是十分鐘的路途，我可以走嗎？他的決定是正確抑或危險的？我不用地鐵站職員call白車嗎？

地鐵的門關上了，那位好心腸的醫生就站在窗邊看着我踏上艱辛漫長的路程。

今年是特別的一年，由農曆新年之前開始，便常感到沒來由的疲倦。早上起來工作了沒多久，便馬上躲在牀上休息，胃口卻比之前好，經常要吃餅乾麪包充飢。

我的小說班和講座自從學期初開始便排滿，還有許多比賽的評判及活動嘉賓要擔當，除了這些工作外，還有為兩間出版社寫作小說。

我以為，所有的工作都是我喜歡的，便沒有問題。工作地點遠近，我也不太介意。

直至2月尾進行一個講座時，說話咬字有些吃力，我覺得很奇怪。3月1日進行一個大型全校講座，我連站立在台上也感到疲倦，喝了差不多半樽水才能完成工作。之後，我去了看一個我相熟的中醫，中醫說我是人太虛弱了，是時候要補一補。

可惜，服了中藥兩天，因為太燥熱，牙突然腫起來。星期日要周圍找仍應診的牙醫診所，那天早上開始的土瓜灣青少年讀書會也要如期舉行，同學只有看着我牙腫面腫地說話。

牙醫醫好了牙周病，但奇怪我的咬字依然時好時壞。邀請我去講座的老師當然沒有說些什麼，但我心裏想：我是否要去見醫院治療師？

3月22日，大仔和丈夫在家，赫然發現我吃午飯時，嘴角不會動！

「媽媽，你是否面癱啦？」

我這個時候才留意到原來自己右邊嘴角完全不活動！究竟哪時開始，我的右邊面頰已經沒有知覺！

我趕緊在午飯前先去診所見醫生，醫生也初步證實是面癱，建議我請治療師按摩面。可惜我下午還有工作，之後的幾天，天天我都有工作，直到耶穌受難節才有假期。

我該怎辦？

晚飯後，我和Yoyo Tong提及我的情況，她聽後說這並非是面癱，這是中風先兆！

「我嫲嫲以前中風就是有流口水和口齒不清的情況，君比你要馬上去急症室，不能再等了！」

「是的，媽媽，你應該去急症室。那些徵兆真是可大可小！」連我兩個兒子也是這樣說。

「我們馬上到急症室吧！」我先生提議道。

乘的士去急症室的時候，我要和出版社市場部提出明天和後天的講座將要取消。這是無可奈何的決定，希望老師會諒解吧。

到了醫院的急症室，人比想像中少，或許是因為這所醫院最近頻頻失誤，所以沒有太多訪客。

很快我便完成所有的測試，高級醫生最後診斷是因為我大牙的不適引致面癱。

可惜在臨走之前，高級醫生發現我的腦圖有些問題，是左右兩邊不太對稱，要我先留院再做一些測試。

還以為沒有大礙，既然醫生建議，我還是要留院。在醫院等上房，我沒有任何睡意。是否我寫小說太多了？是上天要我停一停？

差不多凌晨六時我才可以上房，但有許多言語治療師和醫生為我進行不同測試，他們都認為我在測試中是合格的。

午飯之後，我的主診醫生又見我，說我可以出院，他提議我儘快去外面做腦部的磁力共振檢查，因為他們認為我的腦圖是不對稱的。

要照腦部磁力共振，我的腦袋究竟有什麼問題？裏面是否積聚了一些什麼？妹妹替我預約了在4月3日做磁力共振，那麼我之前的講座是否要全部取消呢？

未知道磁力共振會有什麼結果，醫生又沒有給我請假紙，但我會否是一個危險人物呢？抑或我應該正面一些，向好的方面去想——我腦袋裏根本什麼事情都沒有。

怕萬一有情況發生，朋友還是介紹了一位腦科醫生給我，說有磁力共振結果後便可以馬上去見這一位醫生。

怎知，磁力共振的報告在4月6號便提早由機構發放，我的主診醫生已經收到磁力共振報告，說我有一個二寸乘三寸的腦瘤，要到聯合醫院約見腦科醫生。

腦瘤？是一個怎樣的腦瘤？在什麼時候開始生長的？五年前？十年前？我對它是全無感覺的，為何它要揀在我的腦袋裏生長？

不知道真相比知道真相更好，至少我仍有三日，可以當自己什麼事都沒有，開心過這三天。

我腦裏一片空白，幸好，細仔在我身邊，由他請主診醫生再說一次我該做的事。

由現在開始我每一件事都是未知數，因為我不會知道，我腦裏的是什麼類型的腫瘤，良性的抑或是惡性的，二寸乘三寸的腫瘤是否算是微小？施手術割去，會否有生命危險呢？

我的小兒子只有十七歲，明年才考文憑試。

大兒子大學畢業，已經報讀言語治療。

我很希望腫瘤不影響我的生活，可以讓我繼續擔當媽媽和妻子的角色，和他們分享喜樂。

憂心忡忡的過了三日，終於到見腦科醫生的大日子了。

是太緊張了吧。到尖沙咀站，我一站起來便面部抽搐。

那天我隨手把媽媽的一串念珠放在手袋，當面部抽搐時，我馬上把念珠拿出來緊握在手裏，一面念經一面走向醫生診所，居然給我走到診所，看到醫生。

腦科醫生馬上看我的腫瘤圖片，原來我的腫瘤是星形膠腫瘤，就在我的左腦，敏感部位，操控我的右邊神經、思維和手部的書寫。簡單來說，如果我的腫瘤無法消除，我將不可能再次寫作了。

不能再寫作？對喜愛寫作的人來說，簡直是判了死刑。

醫生說我在港鐵站那時出現的面部抽筋情況，其實是極端危險的事，建議我馬上入私家醫院，再檢查和做手術，他會替我做手術抽取腦部組織，希望腫瘤只是發炎，可以簡單處理，若果不是的話，他會替我安排去另一醫院，接受一種更好的化療和電療，醫治腫瘤。

決定入聖德肋撒醫院後，我無奈地請所有出版社和聯絡了講座的老師把四至七月所有講座取消。

很多老師是早在九月致電向我申請的，現在我竟然在講座前一兩個星期突然取消，心裏當然過不去。但性命要緊，我始終要接受手術，休養一段時期，將來才可以更好的狀態重投工作。

教協、小母牛、兩間出版社的講座可以由專人取消，但有不少講座是老師親自邀請的，我只好請大仔替我致電取消了。

我入醫院第三天，主診醫生就替我做手術，摘除腦瘤的組織。

我腦裏的膠腫瘤名字非常漂亮，叫間變型星形細胞瘤。

可惜的是在手術完後，我的右手不能郁動，說話能力亦大減，甚至沒有人聽得明我說什麼。

醫生每天巡查房間只會談兩句，說這些狀況是正常的。

對這些狀況我全都感到擔心，康復期要多久呢？

後來，醫生決定把我送往瑪麗醫院，做電療和化療。

這段期間我一直覺得思維和手部完全沒有好過，又擔心康復期會是遙遙無期。醫院因為太多病人，沒有可能對每個病人都無微不至，我對醫院的生活又未適應未能睡覺，胃口也非常差。幸好開始有朋友和舊生來探訪，我的心情好轉了很多。有一晚，甚至有一個護士站在我牀邊跟我聊天。一日，我的主診醫生在我牀邊向我認真談做電療和化療，因為他認為我必須要做，又告訴我，姑娘知道我是作者，出過超過100本的青少年讀物。

最後我和丈夫商量，考慮了一會兒，便答應做電療和化療。

不知道會有這樣的一個腦瘤，但既來之則安之，我接受了，有不少人對我有信心，並祝福我一定會康復，我怎樣也要努力。

我在聖德肋撒醫院和瑪麗醫院都住過，四月尾才回家。

全家都非常緊張我出院回家，感冒未清的丈夫睡在客廳，讓我睡全個房間。我的兩個妹妹隔天下班便來探望我，看看我有什麼需要。

而且兒子又買了一個小門鈴，我每次緊按門鈴，他們便跑進來看看我究竟有什麼需要。我們傾談時，間中會談及生死，因為腦瘤是可大可小的病，康復期非常漫長，但我會非常勇敢地面對。

回到家裏我要坐輪椅，後來可以用拐杖自己在家活動自如，現在連拐杖也不用了。

在醫院期間到現在回家了，家人、親人、舊學生和讀者，甚至出版社的人，都常探望我，給我許多正能量。

今天，5月16日，本來是馬頭涌官立小學約了我做講座，但我當然已經推卻了。今天的我其實非常忙碌，我要回去瑪麗醫院見醫生，傾談後便會開始做電療和化療，還有見醫院的言語治療師。

今年未能到訪的學校，如有興趣，明年我會再去。

我將以一個煥然一新的形象，新的主題，讓大家接觸一個全新的君比。不過我將會由出版社聯絡人替我洽談工作，時間不會太頻密，讓我有足夠的休息時間，好讓我享受慢活，多些和家人親友共度時光。

讀者序一

很榮幸能第三次獲邀替君比的作品寫序，執筆時雖是作為老師的我最忙碌的「學期尾」，我還是一口答應了。《成長路上》這個系列記載了很多精彩的青少年成長故事，而君比的作品也一直伴我成長。我所指的成長尤其是指自己教學生命的成長，畢竟我是二十多年前在大學時已開始讀君比作品的「老讀者」啊！

在過去二十多年，香港的學生以至教學生態都有很大改變。在我初為人師時，沒有人提「有特殊學習需要學生（簡稱SEN）」這概念；但隨着融合教育的推行，每間學校總會有或多或少的SEN就讀，而老師們就在緊絀的資源下為照顧SEN而疲於奔命。融合教育的原意是好的，但若教育當局以為只需每間學校提供一點點津貼，以及開辦一些給老師的短期培訓課程就可解決所有問題，那就大錯特錯了。透過《誰明星兒心》的故事，讀者可略為感受作為自閉兒之母的艱辛及自閉學童的困境。

另一個在過去十多年不斷轟炸家長腦袋的民間口號是「贏在起跑線」。在《兒童股神》這故事中，家長們為了子女出人頭地而對子女的生活作嚴格的監管，但最終一切成功的標準原來只約化為金錢值；這是何等的真實，也何等的可悲！在我看來，人生從來就不是一場比賽，成就也不是以金錢來衡量。我愛想像人生是一趟歷險的旅程，每人按着自己的步伐奮力前行，路途上或有高低起跌，但只要盡力突破自己便能經歷生命的美好。學習本身就是目的，而不是單單為「贏」別人，或成為將來要賺多少錢的工具。可惜，在香港社會事事以金錢掛帥的大氣候下，這些美好的願景都是知易行難。這種以金錢權力論英雄的心態多少也影響了學校的運作。觀乎學校每年畢業禮，甚至是運動會的主禮嘉賓名單，不難發現全都是所謂的達官貴人。我不否認政府高官或商界巨擘是成功人士，但這絕非成功的單一準則。在我校的畢業生中就不乏知名的Youtuber、演員或歌手，他們或會成為周會的表演及分享嘉賓，但就從來不會在主禮人的名單內。這多少也反映了辦學團體的價值觀。《兒童股神》的故事是沉重的，但可幸的是君比在故事中引出另一重要的向度——親情。願讀者能細味、咀嚼。

看着時代的更替，扭曲的價值觀不斷沖擊我們的信念，作為老師的我有很深的無力感。君比的作品於我往往如沙漠中的綠洲，讓我看到人性中的光輝，看到精彩的人生可以不用成績或金錢作單位。願君比能寫出更多激勵人心的作品，伴着每一代的同學、老師成長！

張祝珊英文中學老師
湯靈磐

讀者序二

衷心感謝君比老師再次邀我為她的新書——《成長路上8：誰明星兒心》寫序！

試問天下間哪個父母不希望子女茁壯成長，快樂無憂，長大後能夠獨立自主，安穩生活？但對育有特殊需要子女的父母來說，這些都是遙不可及的奢想，更何況是育有兩個自閉症孩子的母親，於孩子成長過程中何其艱辛！

君比老師用第一人稱的寫作手法，把《誰明星兒心》的故事主人翁之一——趙宇恆的生活點滴展示得淋漓盡致，讓我恍如置身故事中，劇情牽動我的情緒，令我時而心如芒刺，時而歡騰雀躍。趙媽媽對孩子的無私付出和樂觀、堅強的性格更讓我敬佩！

我特別向同學們推介此書，更希望藉着君比老師的故事喚醒我們的同理心，無論在任何公共場所，都能給予有特殊需要的小朋友和他們的家人多一點包容和善意的眼神，雖然我們未能在經濟上幫助他們，但我們可以用一個善意的微笑去鼓勵和支持他們，讓他們感受到人間溫暖。

天主教崇德英文書院
中一級學生
陶名揚

誰明星兒心

一　她是我的最佳選擇

「你選好了沒有？」

我的好朋友粉紅BB跳到我躺着的雲朵上，問我道。

「我仍未確定呢！」我回道。

「快點吧！我和你都快要出世了，如果不快點作出決定，上天就會把你塞進給人揀剩的媽媽肚裏，那未必是你夢想要有的媽媽！」

「粉紅BB，你想要的媽媽是怎樣的？」我好奇問她。

「當然是要漂亮動人、溫柔體貼、精通烹飪及家務，最好還懂得按摩！」粉紅BB回道。

「你是說着心中理想的媽媽，抑或是理想的菲傭呢！」我笑問。

「可以選一個合乎理想的媽媽，我當然希望她樣樣通曉，入得廚房，出得廳堂！」她回道。

「她自己條件那麼好，對子女要求一定很高，她或會要求我考全級頭三名，每星期日日上一項課外活動，周末參加幾項比賽，那已足夠令我忙得死去活來！」

「我……猜不會這樣誇張吧！」粉紅BB道。「我已經選好媽媽了。她是完全合乎我要求的，我不會另作他想。灰BB，你有沒有一些『心水選』，先告訴我吧！」

「我的擇媽條件跟你的並不同。所以，我一定不會跟你爭媽！哈哈！」我笑道。

「你究竟喜歡哪一個呢？是否這個住在小別墅的小婦人？」粉紅BB指一指一幢天藍色的別墅，露台上有一個梳着馬尾的美麗婦人在躺椅上曬太陽。

「當然不是啦！告訴你，我喜歡的是住在這淺綠色屋邨十四樓十二室的婦人。」我更正她道。

「這個身型嬌小的女人？」粉紅BB驚道：「你若果當她的兒子，你準會像她一樣矮小！男孩子該高大威猛才好！你選個身型高佻的女人吧！」

「不！我才不計較她的身型，我覺得她會是個好媽媽，她會懂得如何教導我、培育我。」我堅持道。

粉紅BB用指頭點了點雲朵熒幕上的按鈕，一瞬間，嬌小女人一生的快鏡便在粉紅BB眼前展現。

「嘩！這個女人……以前被她的繼母嚴重虐待，還用種種可怕方法折磨！你不怕她長大後心理有問題，轉而虐待你嗎？」

「我不怕！她一直渴望有自己的家，有自己的孩子。她的老爺奶奶也希望她能生孩子，為這個家開枝散葉！我可以預料，她一定是個難得一見的好媽媽。因為她珍惜我、愛我，她會培育我成材！」我預測道。

「啊呀！她曾去家計會檢查，報告結果顯示她不育，她還因而激動至跳樓自殺！」粉紅BB驚心動魄地道。

我也趕忙碰一碰按鈕，道：「看呀！上天安排她跌在花槽上，她並沒有死去啊！在醫院躺了兩、三個星期便出院了。她的生命竟有take two，是上天給她創造了奇跡，十四樓跳下竟沒有死去。大難不死，必有後福，你聽過沒有呢？還有，就算她是不育，上天還是把她放入名單，讓我們選擇，那即是，上天會再次在她身上顯奇跡，連續兩次的奇跡，她不是很有福嗎？有一個有福的人當我的母親，太神奇了！我肯定她是我的最佳選擇。咦！時間到了，我們要馬上作選擇啦！粉紅BB，如果我們有緣的話，一定會在人世間重遇的。再見！」

二　奇跡地懷孕了

這兒很溫暖、舒適，我相信我已是在媽媽的子宮裏。媽媽，你可知道你懷孕了嗎？抑或因為醫生說你不育，你以為自己沒可能懷孕而未察覺到我已在你體內孕育？

「曾美雪，請到三號房。」

曾美雪。這是我媽媽的名字，簡單又動聽的名字啊！

「李醫生，早晨！」

咦？媽媽去看醫生？太好了！她待會兒知道了自己終於懷孕，一定很雀躍！

「曾美雪，有什麼事刺激你，又想自殺呀？」醫生第一句便問。這醫生該不是婦產科醫生，而是精神科醫生！

「警方說昨晚有人報警，說你取了椅子，坐在十四樓欄河邊，怕你做傻事。」

「我只是有些事想不開，便到欄河邊吹吹風，想想看。有人以為我想自殺罷了。」

「有什麼事困擾你呢？」醫生問。

「又是痛苦的往事和現在不育的事。」媽媽回道。

「又是之前我們討論過的事？」他問。

「是。我不明白繼母為何只選擇我來虐待，也不明白爸爸為何到死的一天，仍不肯告訴我，我的親生爸爸是誰。我小時候生活得那麼悽慘，滿以為長大後可以選擇自己喜歡的人，建立自己的家，怎知道，渴望生孩子的我，竟然是不育！為何做人這麼多年，我都仍然生活在黑暗中，我的生命何時才會出現曙光？」

媽媽呀媽媽！我已經在你肚內孕育，你的人生已露曙光啦！

「你不是已曾經鼓起勇氣向你繼母問個清楚了嗎？」

「是！只可惜她只是敷衍我，給我一個我不接受的答案！」

「曾美雪，你有否準時服抗抑鬱藥呢？」醫生又問。
「我……自行停了服藥半個月。」媽媽道。
「為什麼？」
「那些藥……令我不舒服、沒胃口，連經期也亂了。我已有整整一個月沒有來月經。」
「一個月？」醫生謹慎地問：「你有沒有避孕呢？」
「沒有。我是不育的，還用避孕嗎？」媽媽理直氣壯地問。
當天，媽媽在醫院哭得差點虛脱，要爸爸提早下班去接她。
因為，醫生替她驗孕，證實這個不育的女人竟然奇跡地懷孕了。

三　聽着媽媽的心跳聲

我在媽媽的肚裏住了九個多月，終於到了這一天。
凌晨三時……

「見紅了！我們要馬上到醫院去！」

聽到媽媽的聲音，我很是激動，因為，我終於可以離開這伸手不見五指的子宮，親眼目睹這個五彩繽紛的世界，並可以面對面跟媽媽打招呼了。

上了救護車，救護員竟不是馬上開車，而是問這問那。

「為什麼太太你要召救護車去生孩子？」

「為什麼你不截計程車？」

「我們這屋邨的計程車站，晚上七時過後便沒車了。若果我因截不到車，要在街上生孩子而遇上什麼意外，是否你會負責呢？」媽媽忍着痛，反問他道。

媽媽的直言，令我在她肚裏也拍爛手掌。

在產房裏，我已準備好出世。一下又一下蠻牛亂踏似的陣痛令她也變了頭蠻牛！

護士給她聞止痛氣，她很快便「索」至沒氣了，然後大叫大嚷道：「俾番支氣我呀！誰偷了我支氣，那麼大膽……」

媽媽簡直是全院最強勢的產婦！

當我從媽媽的肚裏被扯出來時，我只是「呀」的叫了一聲。媽媽聽了，擔憂不已地問：「醫生，怎麼他只是叫一聲，而且聲音柔弱無力，怎辦呀？」

醫生沒好氣的道：「太太，你看得電視劇太多了！並非個個BB出世都會歇斯底里地大哭。」

當我被抱到媽媽跟前時，她擁着我望了一會兒，又問道：「醫生，是否每個BB都是這樣灰灰的？他的眼神好像有點霞氣，目光沒有焦點似的。」

「哪個BB一出世就有炯炯的眼神呢？你的B和其他B沒有太大分別。太太，你不要想那麼多了！」

原來，我就如粉紅BB所說，全身灰黑。不過，沒關係，媽媽的眼神告訴我：她非常愛我。在她眼中，我是完美的。

沒多久，媽媽便給我弄至身心俱疲。

獨力照顧我的媽媽，除了一日餵我八餐奶，換片清潔，還要兼顧所有家務。不停手地做了一整天，晚上還給我折磨。

到了晚上，吃飽了奶，我便希望可以依偎在媽媽懷裏。我用哭聲令她抱起我，把我放在她懷裏。我挨在她心房上，耳朵緊貼她的胸口，一陣穩定的心跳聲傳來，我感覺到無比的安全感，開始沉沉睡去了。不過，當媽媽稍一轉移姿勢，我聽不到她的心跳聲，便感到鼓躁不安，哭鬧起來。

「聽媽媽的心跳聲」成為了我每晚必備的節目。我不知道，原來媽媽每晚要抱着我九十度筆直地坐着，我才可以清楚地聽到她的心跳聲。她稍稍傾前或挨後，我便大哭以作出警報。

媽媽就是在那時練出了晚上九十度角坐着睡覺的「本領」。而我呢？我學坐比一般孩子快，九個月左右，我便坐得非常穩。十一個月，我扶着桌子或櫃頂，已可以行走。當媽媽第一天給我學行車，我便推着車子穩步向前。第二天，她再給我車子，我兩手一拋，索性丟了它。我懂走路了，再用不着學行車。

十一個月我可以行走，在公園玩的時候，我模仿三、四歲的孩子玩攀爬架，竟也學懂了攀爬。我膽子大，爬得老高，然後緊抓着架的頂部，兩腳懸空。

媽媽看見，嚇得半死，硬要把我抱下。我被抱到地上，一個轉身又爬上了架。目睹我敏捷身手的人，都喚我作體操王子。

除了有驚人的攀爬力，我在公園還會表演一項絕技，就是三百六十度自轉。我會自行轉圈至支撐不住，倒到地上去，爬起來又再重新轉過，別人看我也會看到頭暈，但我卻一點也不會暈。後來媽媽才知道，自行轉圈是自閉症孩子其中一個徵狀，因為他們愛追求刺激。

雖然學行和攀爬，我都「超班」，但當其他孩子都開始牙牙學語的時候，我卻連一個單字也不會說。就算是由早到晚對着我的媽媽，我到了一歲半仍不會叫她一聲「媽」。因為不懂說話，我想媽媽替我做某些事情時，我會扯着她的手要她做。媽媽當然不知道，這並非一般小孩子會有的行為。

一家三口外出，我常會因小事而發狂似的哭鬧。例如我們上小巴，發現車上只剩下單人位，三人要分開坐，我便會因極度不安而叫得全車人震耳欲聾，最後，人人都爭着讓位給我們三口子一起坐。

其實，我哭的原因是我感覺不安，但未能用言語表達，唯有用狂哭來訴說。我在人多擠逼的車廂哭鬧，是因為我的空間敏感，沒有言語，我沒可能令人明白我。

爸媽生我養我，我愛他們，然而，小時候我從不讓爸爸抱我。每次他抱我，我會大哭大吵，彷彿他是要來捉我的拐子佬，而每次在街上，我們兩父子的舉動都會惹來很多疑惑的目光。

較熟知我的媽媽和我外出，有時也要跟我惡鬥許多個回合。只有一歲多的我，固執如老頭子，不會理會媽媽的命令，要求她抱時得不到滿足，便會橫躺在地上。公園、商場、屋邨平台的硬地，我都躺過。每次我可以躺一個至兩個小時，不趕時間的話，媽媽便站在我身邊盯着我。只要我躺的地方安全，不騷擾到途人，媽媽便跟我「戰鬥」下去。戰敗的多數是我，最後，我的橫躺街頭的次數明顯減少了。

一歲九個月左右的我，終於學了說些單音字，如：媽、街、吃。不過，媽媽發現我每學了一個新字，便會忘了之前學的一個舊字。沒有上過育兒班的媽媽也知道，一個正常孩子，學習尤如滾雪球般越滾越大，而我的腦袋卻只能保留着幾個單字。

到健康院檢查時，媽媽便告訴醫生，醫生替我寫信去做身體智力評估。媽媽其實並不知道那是什麼評估，但她隱約覺得，評估報告的結果會是不樂觀的，便要求爸爸請假陪伴她同往。

一直以來，媽媽跟我說話，我都是沒有太大反應，就算是窗外打雷、閃電、掛十號風號，全都引不起我的興趣去望一眼。媽媽認為是我的聽覺有問題，但經醫生檢查及評估過後，證實我的聽覺沒問題。

「那就好了！」媽媽了一口氣，還未及展現笑容，冷不防醫生輕輕的一句：「不過你兒子有自閉症。」

自閉症？

媽媽還未來得及給他反應，醫生便滔滔地道：「政府有傷殘津貼給自閉孩子，太太你也要替他到特殊幼稚園輪候學位……」

這些訊息一個又一個揹進媽媽耳裏，對她來説是一個又一個的衝擊。淚水在她眼中打轉，但她強忍着，不讓它流出。

「太太，你還要去油麻地診所排期見精神科醫生……」

見精神科？

媽媽不敢望向懷中只有一歲多的我，她怕一低頭，淚水便會迸出。

三口子乘巴士回家去，一路上大家都默不作聲，連經常怪叫的我也出奇地安

靜，我好像知道，一向強勢的媽媽未能馬上接收這麼多衝擊，只要有一丁點的刺激，她的淚水便會急瀉。

四　奪命狂奔

剛回到家，從來不碰電腦的媽媽，馬上用她僅有的電腦知識，上網搜尋「自閉症、費用減免。」聽姑娘說，坊間有些學費減免的課堂給自閉症的孩子報讀，但家長要自行搜尋。我們一家三口就是靠爸爸的一份微薄的薪金生活，現在還要負擔一筆額外的開支，媽媽只好用盡方法去為我找尋適合的課程。結果短短兩天時間，她便替我找到中環堅道的自閉症幼兒小組，並找到銅鑼灣的一間針灸診所（因為媽媽看過一些網上的臨牀醫學報告，證明針灸會改善自閉症孩子的情況），在西營盤又找到感覺統合訓練，還在南昌找到言語治療。在結婚前從沒有到過港島區的媽媽，將要帶着我一星期數次走遍港九各區，在她的下半生補回上半生沒有踏足過的地方。

媽媽以高速為我安排好一切之後，腦袋鬆了一鬆，開始回想這兩天發生的事。從醫生口中得知道我有自閉症後，她因為要趕急替我找治療課程，根本沒有時間經歷否認期、憤怒期、交涉期、沮喪期，便直接跳去了接受期。之前該有的各種感受，現在就像打翻了五味架，混合在一起了。

那天，我聽到媽媽的聲音，在睡房裏響起來。

「周醫生，我是趙宇恆的媽媽。我已考慮清楚，我決定不要你們給我兒子的傷殘金！我兒子也不會要特殊學校的學位，我把所有東西都交回給你們好了！我只要你跟我說一句話，就是——我的兒子根本沒有事！」

周醫生在電話裏如何安撫媽媽，我不知道。我只知道媽媽在掛線前跟他說：「好！你的方案聽來可以的，不過，如果我的兒子證實沒有自閉症，我會把傷殘金和特殊學位都退還給你，你不要強逼我要呀！」

媽媽的否認期和憤怒期來去匆匆，然後又回到接受期。

未懂用言語去表達的我，沒有表達感受的渠道，心中的焦慮和無助，旁人難以理解，只有我媽媽能明白我。

兩歲後，我到公園的活動除了三百六十度自轉之外，還多了一項——就是「奪命狂奔」。

身型矮小的媽媽絕對不是跑步型，但身為我唯一的照顧者，不會跑也被我鍛鍊成長跑高手。

我每天在公園的奔跑時間是三個小時，媽媽無奈地只有跟着我跑。那時我對車輪極度感興趣，每逢在公園裏看到嬰兒車，我便會想上前把車子反轉，把玩車底的輪子。幸好媽媽緊貼着我每一步，並在我正想反轉車子前制止了我，否則會有很多嬰兒死在我手上。

人家踏單車，我會追上去，嘗試把手指塞在車輪上。媽媽又是要搶在我把指頭塞進車輪前把我捉緊，若不，我十隻指頭都肯定斷掉。

帶我到公園的媽媽，不得不跟人家說我的情況：「我的兒子有自閉症，他很固執，又不懂表達情緒，愛奔跑，以哭鬧代替言語。我已帶他去做一連串的訓練，在未改善到行為和情緒前，希望大家多多包涵……」

媽媽認為光說並不夠，要多做一點以表達誠意，亦可以趁機教授我學習社交。

她買了許多氣球，自學扭波技巧，熟練了，便帶到公園去，在小朋友面前扭波，然後捉着我雙手，由我負責去「送贈」給小朋友，教我認識朋友。媽媽扭得最快最好的氣球造型就是劍，我和幾個孩子一人一劍在手，無論是男是女，都不用教便懂得「切磋劍術」。就算我迷茫地拿着劍站在原地不動，小朋友還是會「力邀」我跟他比劍，這對我來說，已是最基本的一種社交活動。

後來，媽媽發現在公園吹泡泡是最「強勢」又省力的活動。買一小瓶泡泡，就可以玩上一整個下午。不懂吹泡泡的我，被動的站在泡泡的中間，其他孩子熱烈地追着泡泡，「啪啪啪」拍打着，我看着泡泡在空中幻滅，有點失落，但其他人興奮大笑的聲音，卻是令人快樂的。就在泡泡飄飛和幻滅的過程中，我已得到我想要的快樂和刺激感。

媽媽在公園也認識了一班好街坊，大家知道她有個自閉兒，到公園玩耍時，一興起便奪命狂奔，其他媽媽有時更會主動替她追着我。是哪時開始的呢？是由媽媽懷了弟弟開始。

五　不要給我虛假的希望

「你是否瘋了呢？」

當媽媽告訴人家，她再度懷孕了，人家的反應竟然是這樣。

「你的大兒子有自閉症，你照顧他一個已夠麻煩了，你竟然還想多生一個？萬一那個又是自閉的，你一人照顧兩個，你撐得住嗎？你丈夫工作時間長，賺得又不多……」

媽媽聽了，解釋道：「我自己有很多姊妹，雖然我們的關係不太親密，但總算是有親人。有了宇恆之後，我已開始祈求上天再賜我多一個孩子，並希望他們兄弟倆會相親相愛。有朝一日，我和丈夫老死了，他們仍可以互相照顧。」

「如果他們倆都是自閉的，自己也照顧不來，怎辦呢？」

媽媽想了一想，眼神堅定地道：「如果上天願意給我多一個孩子，我相信祂會有最好的安排給我。」

媽媽的肚子越來越大，而我也開始了人生新的一頁——上幼兒園。

在醫生確定我有自閉症那天，媽媽就致電早已收了我的幼兒園說明我的情況。

「你放心把孩子交給我們吧！我們有兼收位，老師會懂得處理自閉孩子的問題。」

老師的話令媽媽放心了。可是，在我上幼兒班一段短時期後，校方致電媽媽，要求我退學，說我在校會有「典地」等過激行為。

「為何當初你們說可以接納他，現在又要把他踢走？」媽媽氣道。

「因為現在我們才知道，學校應付不來。今年我們有很多疑似自閉症的個案啊！」校方道。

「我們評估了的就要退學，疑似個案就可以繼續讀下去？那豈不是歧視嗎?!」

「太太，不要這樣說！」校方軟化了。「不如這樣吧！太太你若果可以陪着宇恆上課，他就可以繼續在這兒讀下去！」

媽媽陪我上了一日課，便決定即日退學了。

肚子大得像大象肚的媽媽，被老師要求坐在幼兒班的小膠椅上陪我上課。媽媽坐在椅上，好不容易捱到下課。她要老師攙扶，才可以站起來。她拖着我，筆直跑到校務處。

「我是來替趙宇恆退學的！」媽媽還未踏入校務處，便已高聲道出她的訴求。

「是趙太嗎？我就是跟你在電話上談過的馬小姐。趙宇恆可以讀至月尾才退學喎！」

「不用了！現在就退啦！」媽媽回道：「我已經有四個多月身孕，今天陪堂還要坐小朋友的膠椅，我怕下次再陪堂，一坐下來未必可以再站起來了，影響到你們就不好啦！」

* * *

媽媽替我退學後，並沒有直接回家。頂着大肚子的她，拖着我在整個青衣區走遍每間幼兒園，填了一張又一張的N班申請表，媽媽也當然有在表上說明我已確診自閉症，由校方自行判斷是否有足夠資源去「應付」我的需要。

遞上無數張申請表，然後是漫長的等待期。

以為無望之際，媽媽忽然收到一個電話。

「我們的N班有一個位，你明天來面試吧！」

媽媽喜出望外，但仍然謹慎地問道：「真的有位？我的兒子是有自閉症的，我在申請表上寫上了。」

「是嗎？啊……我……一會兒再致電你確定一下。」

半晌，對方回覆：「對不起！我們搞錯了，學校暫時未有位。」

媽媽放下電話，才咕嚕道：「你為何要致電我呢？你不想收自閉症孩子，就不要給我虛假的希望！」

兩三天後，終於有兩間幼兒園邀請我去面試了。

面試時，老師要求我做的配對、對物件的辨認、完成指示後執拾好物件和推好椅子等，我全都可以完美地做妥，可是其中一間學校最後還是沒有錄取我。媽媽心裏清楚，無論我做得多麼好，學校還是希望收取一些會說話和跟別人有眼神接觸的孩子。

另一間在面試後數天都未回覆，就在媽媽最感彷徨的時候，幼兒園的校長親自致電她，道：「你帶宇恆來上課吧！我和所有老師都讀了兼收課課程，懂得照顧特殊的同學。」

媽媽還是小心翼翼的道：「宇恆到現在差不多三歲了，會說的單字，五隻手指都數得出，而且，他和人完全沒有眼神接觸，連和其他小朋友玩耍也不會。」

「趙太，如果小孩子是天資聰穎又會自學，那還用我教嗎？不『叻』才要教。但如果人人只搶着收聰穎的學生，不『叻』的怎辦呢？趙太，你放心，把宇恆交給我們照顧吧！」

六　評估結果令人沮喪

媽媽第一天帶我到新校上課，發現老師已替我在鞋櫃和書包櫃貼上名牌和相片，讓我開始以視覺學習，知道我的用品該放在什麼地方。放學時，緊張的媽媽照例早到學校，主任也認得她了，主動跟她道：「宇恆其實很合作，上課時並沒有爬枱翻椅子或大叫，你擔心的全都沒有發生。今天唱遊時，老師派他搖搖鼓，他都非常投入，排隊出入課室，他都願意聽從老師指示，沒有大問題……」

主任找她談過，數天後，校長的一番話更令她安心。

「你讓宇恆每天都來上課吧，不要為了那些自閉兒小組訓練而隨時請假。那些訓練和針灸，請盡量安排在下課後的時間。你的孩子要在這兒和同學一起吃午飯、睡午覺、學習和玩耍。孩子要羣體生活，學校的環境才可以幫到他。他要學習互動、規距，不是短短一小時的訓練便學到……」

雖然，校長不苟言笑，外表很酷，但她是個有心人，亦做到了解個別學生情況，關心每個學生。

原來，有些人越是面冷，內心越熾熱。

在我三歲左右，特殊學校的學位終於申請到了。我入學沒多久，說話便有很大進步，由只會說單字進步到會說短句，爸媽當然很雀躍。不過，這邊廂有些進步，那邊廂又有麻煩事帶給爸媽。

有一晚，午夜十二點後，躺在牀上的我突然大叫大哭，手腳不停搖動，要一段時間才能安撫到我。這情況持續了一段時期，每一晚我至少會吵鬧三、四次，每次近一小時，而只有媽媽才有能力令我靜下來。不知為何，爸爸的擁抱會令我更不安。原因？我自己也解釋不來。

媽媽稱這段我半夜無端吵鬧的時期為「夜半仔敲門」。原來，自閉孩子不少都有這徵狀。我們的腦神經非常混亂，日間我們接收到許多訊息，但我們不懂表達，未能即時給予反應，要若干小時後，到約莫午夜才能有反應。幸好在針灸了個多月後，我平靜下來了，再沒有「夜半仔敲門」這情況出現。

*　*　*

踏入一月，是我的生日，也是弟弟的預產期。

媽媽唯一的生B願望，便是希望待爸爸下班回家後，胎兒才作動，否則，她便要帶着我入產房。一個三歲自閉童怎可能獨自在產房外安靜坐着等媽媽生弟弟呢？

幸好在媽媽作動的那天，爸爸比平日早了下班。媽媽在晚飯後便見紅，遂馬上召救護車。

和上次幾乎一樣。媽媽上了救護車，救護員並不即時開車，而是問了她許多問題。媽媽最後還是回道：「若果我截不到車，又或者提早在計程車裏生BB，是否你會負責？」

救護車司機才急急開車。

媽媽懷着弟弟時，只兩個月便已經見肚，而且肚子大得很快，她還以為懷的是孖胎，但檢查時，醫生說只是單胎。

「為何我肚子的建築面積和實用面積不成比例呢？」

醫生沒有回答，只說：「你的肚子這麼大，看怕你也生不出，不如開刀吧！」

媽媽則仍然選擇順產，結果，她成功誕下了弟弟永昇。

我出世時，只是「象徵式」的叫了一下，弟弟出世時，哭聲震天。我是灰灰瘦瘦的嬰兒，永昇則有白雪公主似的肌膚，是羨煞旁人的白裏透紅。

媽媽攜永昇出院那天，親自來姨媽處接我回家。

在的士上，媽媽突然從後背囊裏取出一盒包裝得漂漂亮亮的禮物。

「宇恆，你有一份禮物呀！猜一猜是誰送給你的！」

我茫然地搖搖頭。

「是弟弟送給你的！」媽媽笑道。

弟弟？

他不是三天前才從媽媽的肚子裏鑽出來嗎？還未會走路還未懂言語的弟弟，怎有可能買禮物送給我呢？

然而，我還是相信媽媽的話。

就當是弟弟出世時順便從媽媽肚子裏取出來的吧。

他真有我心，連出世這麼忙碌仍不忘把禮物帶來給我！

媽媽拉着我的手去撫一撫弟弟的臉，是非常滑溜的臉。

「爸媽和弟弟都是你最親的人，你們要愛護對方啊！」媽媽道。

弟弟送給我的是一架玩具鏟泥車。奇怪，那是我最希望得到的玩具，但我從未告訴過他，為何他會知道呢？

我又碰碰他的手，他小如洋娃娃的手捉着我的食指，像是要我答應永遠伴着他。

好的！我會永遠在你身邊！

我們的兄弟緣就在這一天開始。

* * *

弟弟無論身高及體重，都在嬰兒發展線圖表的最高一條，屬於「大隻」的孩子。媽媽喜出望外，認為這表示孩子是「非常健康」的。

在永昇約莫八個月大時，爸媽參加了社區中心安排的一項給夫婦拍拍拖的活動，三歲以上的孩子（即是我）可以由社工安排到酒店參加大食會，讓夫婦可以善用時間享受一下二人世界。至於弟弟永昇，就拜託姨媽照顧一晚。

大家那天盡興而返，可惜，永昇那晚被接回家後一直發高燒。當燒退了後，他沒有哭鬧，平靜得像沒事發生過。只是，他不肯喝奶。媽媽帶他去看醫生，卻查不出什麼原因。

接下來的數天，媽媽只好用針筒餵永昇吃奶，每餐都要花大半個小時才餵完。媽媽遂到店舖裏買了八款不同的奶嘴，回家讓弟弟試啜。結果，他唯一一個肯啜的奶嘴是最昂貴的一個，但媽媽還是為他買了八個同款的奶嘴來更換，只要他肯吃奶，再昂貴的奶嘴，媽媽仍然會買。吃奶問題解決後，卻有另一些問題衍生。

永昇康復了，但由早到晚都躺在牀上，連手腳都很少郁動，而一般嬰兒六至八個月已經可以坐得很好了。

憂心忡忡的媽媽還是抱着永昇去見醫生，戰戰兢兢的告訴他，永昇的哥哥有自閉症。醫生檢查過他後，便寫紙給永昇去做評估。

評估結果令媽媽沮喪。

永昇發展遲緩，跟人完全沒有眼神接觸，對周遭的聲音完全沒有反應，很大可能也是有自閉症。

當初媽媽盼望永昇將來長大了，或可以照顧哥哥。然而，同樣有自閉症的弟弟，還加上發展遲緩，情況或許比我更差。

回家路上，媽媽推着永昇，我跟在她身旁。經過公園時，我跟媽媽說希望和弟弟去玩耍，然後，我在媽媽回應前已跑到我的朋友跟前，跟他們道：「這是我的弟弟，他很可愛的！他已經十個月零一個星期大，可以吃很多東西，可否請我弟弟吃你的糖呢？」

朋友給我弟弟一粒糖，當然也會給我一粒。我蹦蹦跳着跑回去媽媽跟前，媽媽卻說：

「這糖果太大粒也太硬了，弟弟未能吃。」
「那麼我就代他吃了吧。」
「你弟弟會說話嗎?」朋友問我。
「他暫時未會說話，但我以前也是一直沒有說話，到我三歲四個月時才懂得說句子。媽媽說之後我便不停嘴說話，我相信弟弟跟我一樣，將來說話都是很棒的!」有人問我為何弟弟不會說話，我總是這樣回答。

七　特殊幼稚園的精英班

我非常有耐性地等待，弟弟一歲、兩歲、三歲，到我說話的轉捩點——三歲四個月時，他仍然是只會說幾個單字，而且話音不正，但我仍然經常逗他說話。我認為有朝一日他一定學懂說話。
除了未懂說話，弟弟走路也走得不穩，經常要媽媽抱。
我三歲左右便戒尿片，但弟弟未能表達，所以依然由早到晚用尿片。媽媽花上許多時間照顧他，作為哥哥，我會盡力幫忙做些簡單的家務，掃地抹地，執拾弟弟做治療的用具。幫忙媽媽丟掉弟弟的尿片，我還可以做到，至於他的屎片，我只有坦白地跟媽媽道：

「對不起，媽媽！雖然我很愛弟弟，但我接受不到這項差使！」

自從弟弟出世後，媽媽的家務似乎永遠也做不完。餵奶、換片、清潔、買餸、煮三餐、打掃、接送我上學放學、帶我去針灸和訓練……

弟弟確定有自閉症後，媽媽又要把以上我做過的事重複再做。爸爸因為要上班，根本無暇幫忙她照顧我們。在我眼中，媽媽恍如女超人，可以一人處理我和弟弟的事情。

一般家長最着緊的就是子女成績，媽媽反而把它放在次要位置。我在學校的默書測驗考試，她都不會着緊替我溫習。每天上學，我跟她在校門前道別，她都是說同樣的話：

「宇恆，你要開開心心上學，希望你有愉快的一天！媽媽愛你！」

雖然我讀的是特殊幼稚園，但原來在特殊學校裏也有分普通班和精英班的。因為我的智力正常，甚至比平常人為高，所以我被編在精英班。

媽媽說精英班的功課頗為艱深，甚至比普通幼稚園的更深，K2學生便要寫周記，寫英文短句，數學要學加減數。加上媽媽以前常用學習字卡替我做訓練，我從學習字卡中學到很多詞匯，中英詞語配對有幾百對之多。其實，我是可以做到不少父母夢寐以求自己孩子可以做到的東西。

我愛做功課、做練習和看書，我對學術很有要求。學校的默書測驗，我就算不溫習都可以輕易取得100分。老師送給我的幼兒字典，我看了幾次，已可以把所有字背出來。

雖然我在六歲時，醫生診斷了我有過度活躍症，但我讀書方面專注力非常好，尤其是數學科，我經常都是全級之冠。

不過，因為我有自閉症，欠缺社交能力，總是不能融入同學的世界裏。

八 欺凌別人竟可以做小老師

因為難以結交朋友，媽媽遂教我用絕招——請同學吃零食，希望同學對我有好感。可惜，同學在吃完我的零食後，仍是不願意和我做朋友。雖然我各科成績都不錯，但不知為何，同學還是明裏暗裏叫我傻仔、低能仔。其實我完全不傻，也不是低能，我最明顯的缺點只是情緒會突然由零升上一百，有像炸彈一般的爆炸力。媽媽早已叮囑我要控制情緒，不要在學校爆發，然而，儘管我非常努力做好情緒管理，同學還是會用言語故意攻擊我，甚至推撞我、打我踢我、用鉛筆刮傷我的手腳。我總是堅持不還手，因為媽媽教導過，如果我還手，演變成打架，雙方都會有損傷，而且，老師會懲罰兩方同學。

以往我讀特殊幼稚園，每個同學都非常純真，日日笑容滿面。幼稚園裏完全沒有欺淩事件，沒有人會為玩具而爭執，也不會有人搶人家的食物，更不會為爭奪名次而鬥個你死我活。那裏的同學和每個人都是朋友，人人都為自己所擁有的感到滿足。

升上小學後，每天在浴室脫下衣服，準備洗澡時，媽媽都會發現我差不多天天都有新傷痕，明顯地是被人故意造成的。她心痛地問我為何不告訴老師，我該怎樣告訴媽媽呢？我根本不敢告訴老師我被欺淩。

媽媽見事態越趨嚴重，不得不向學校作出投訴。

「我們該學習原諒同學，給他們改過的機會。我們不主張用懲罰的方法，我們會把事情交給神，神一定會給予同學指引，感動他讓他改過。將來，孩子長大了，在社會工作，什麼人都有機會遇上。學校的環境正好給他們鍛鍊，讓他們勇敢面對欺凌。」學校的訓導老師有這樣的回應。

「我聽說欺凌人的同學，被老師委派去擔當低年級同學的小老師，這會否給小朋友一個錯覺，原來欺凌人還可以做小老師，這似乎是一件很光榮的事。」

「我們就是希望培養這些同學的責任感，讓他們有機會學習如何照顧人。」

「學校不是應該製造一個安全的環境讓學生到來學習嗎？為何我讓孩子到學校上課，我要擔心他今天又會給人欺凌，身上會有多幾處瘀傷！」

「若果趙太你有這個擔心，我會和學校商量，看看會否有特別的安排。」老師回答道。

老師和校方開會後，的確作出了一些安排，就是在小息和大小息時規定我這個被欺凌的人一定要到圖書館去，但並不是讓我在圖書館周圍去看書，而是限定我留在某個小角落，替老師執拾圖書，還有一條黃線局限着我活動的空間，我不能走出黃線外。

至於欺凌我的同學呢？竟然可以到低年班的課室擔任小老師，自由自在地出入高年班和低年班的課室。老師說這是培養他們的責任感，對他們會有正面的影響。這些欺凌我的同學擔當了小老師之後，是否會自自然然地明白不能再欺凌同學呢？不！我在圖書館的小角落裏，的確是安全的，但當我回到課室這個「大家庭」裏，我被欺凌的情況完全沒有改善。

「宇恆，既然這樣，不如媽媽替你轉校吧？」

「為何要我轉校呢？我並沒有做錯啊！我被欺凌時也忍着不還手！如果要走，應該是欺凌我的同學走才對。」我對自己的想法非常堅持。

「你現在的功課越來越多，若果轉去一間功課較少的學校，你會否讀得更開心呢？我知道我們邨另外一間學校，星期五是放半晝的，午飯之後就是課外活動，名副其實的愉快學習。」媽媽嘗試引誘我去轉校。

「不！我更加不會轉校！若果上課時間少了，功課又少了，我學的東西不也都少了嗎？我不想呢！我說過將來要當大律師，我要賺足夠的錢，將來要照顧弟弟。我還是留在這間學校繼續讀至畢業，然後應該會升上band 1英中，可以入讀大學，那麼我便有機會達成目標了。」

轉校這個提議，就這樣被我決絕地推掉了。

九　弟弟永遠是我的良伴

「醫生，宇恆在學校還是有和同學相處不來的問題，不知道可否把他藥物的分量增加？」媽媽帶我去見精神科醫生時提出道。

「他在學校面對什麼問題呢？」醫生反問。

「同學用言語攻擊他，他按捺不住便和人起爭執，同學會出手打他踢他，他身上經常都有新傷痕。」媽媽如實的道。

「趙太，你要明白，這和你兒子用藥份量多少完全沒有關係，因為你兒子面對的是學校環境的問題，是環境刺激了他，令他情緒爆發才會這樣。你應該和校方討論一下他的情況，請同學不要故意用言語挑釁他，老師要多教導同學不要欺淩別人……」

醫生的建議，其實媽媽已經做過，可惜徒勞無功。媽媽只有寄望，當我升上高小，入讀到精英班，同學成績較佳，也會有些着重品格教育的家長，到時我被欺淩的情況便會有明顯的改善。

雖然初小三年我都被欺淩，幾乎沒有朋友，但當我回到家裏，看見我的弟弟，我心情便會平靜起來。

弟弟永昇永遠都是我的良伴。

雖然他一直未能學懂說話，我喜愛的各種遊戲，他都未有能力和我一起玩，但我就是喜歡他伴在我身邊。

我做功課或溫習時，他就在我旁邊，媽媽跟他進行體能訓練或推車練習。有時媽媽忙着做家務，弟弟就躺在椅子上「玩瑜伽」。雖然他雙腳力度不足，走得不快，但他身體仍然柔軟，會做出一些我也做不到的高難度動作。弟弟唯一可以和我玩的就是iPad。其實他並非可以玩iPad上的遊戲，但他愛專注地看我在iPad上玩耍，他會愉快得哈哈大笑，這便是我和弟弟最大的互動遊戲。

十　我弟弟不是傻的

學校有假期時，媽媽會帶着我和弟弟到處參加活動，希望可以擴闊我們的社交圈子。不過每次搭公共交通工具或走在街上，總會遇上一些不了解自閉兒童的途人，對弟弟的行為舉止有許多誤解，甚至向媽媽吐出一些極難聽的說話，例如：

「怎麼你兒子這麼大還要你抱？你還不教他走路？他雙腳有問題嗎？」

「你的兒子製造那麼多噪音，是否傻的？」

「你的兒子若是傻的就不要帶他外出，無端端尖叫拍手，嚇怕人！」

「你不懂生仔就不要學人生啦！」

「生了孩子不懂教，有屁用！」

初時，媽媽會非常有耐性地跟途人解釋：「其實，我兩個兒子都有自閉症。細仔外表和普通孩子一樣，但他的智能就像個一、兩歲的幼兒，還未懂表達感受，更不懂控制情緒。希望大家體諒、包容一下！」

有時，人家聽了媽媽的解釋，會苦笑一下，然後默不作聲。但亦有很多會反駁媽媽的說話：

「你想人體諒你兒子，但誰來體諒我的耳朵呀？那麼吵，我想睡個覺也不能！」

「不能控制他大叫大吵，就不應帶他外出啦！騷擾別人！」

「若一早驗到他是傻的，就不應該把他生下來！你硬要把他帶來世上，你也有很大責任嗬！」

有時，媽媽一天解釋好幾次，次數太多，越說越疲倦，會索性沉默面對。我覺得我有責任去代她解釋。

一次，媽媽帶我和弟弟乘搭港鐵，當車門關上時，弟弟慣性拍手和興奮大叫，有個女人聽見了，問道：「他是否傻的？」

挨在椅背上閉目養神的媽媽沒有回應，我便代他答：「我弟弟不是傻的！」

「不是傻的，為何關上車門也值得拍手大叫？」女人反駁道。

「我弟弟有自閉症的，他生得高大，但其實他只是個小BB，暫時不會説話，但當他長大之後，他一定會學懂説話，將來他會很聰明，很厲害的！」

我發覺，當我向途人解釋清楚，人家便不會再説弟弟是傻的，誤會他了。

到爺爺嫲嫲家吃飯，爺爺常常問：「永昇戒片未呀？」

我便代媽媽回答：「其實弟弟只是個小BB，但當他大一點兒，一定可以戒片，沒有人一輩子都要用尿片的！」

一次，媽媽因一些很微細的事斥責我，我不知為何眼淚完全忍不住，洶湧而出。弟弟見我哭，馬上擋在我前面，大力推媽媽，好像是向媽媽投訴。我見狀，便擁着弟弟道：「我們很慘，這世界上就只有弟弟你明白我，只有你會幫我！」媽媽卻笑起來説：「你們以為自己是一對受盡欺凌的世紀孤雛嗎？我只是罵你兩句而已，反應不用那麼誇張吧！」

我們以為弟弟什麼都不懂，什麼都不明白，其實，我們低估了他。有一件事他一定懂，就是——愛錫哥哥。

媽媽最愛拍我們兩兄弟的生活片段，其中一段在公園拍的影片，媽媽最喜歡

看。那就是我和弟弟在公園奔跑的片段。弟弟跑得不快也不遠，我為了遷就他，會跑幾步就停下來，待他追上我，拍拍我的背，我又會再跑，然後停下來轉頭叫：「弟弟，快來追我！」這就是我們在公園的最佳遊戲。媽媽總會稱讚我說：「很欣賞你願意停下腳步，等待弟弟。」

我並不覺得這樣值得她特別讚賞我，這個基本上是哥哥的責任啊！

十一　把重大責任交給我

有一次，媽媽帶我們去參加一個活動，弟弟看見一個男孩子在玩一架有趣的玩具汽車，他一直凝視着人家近半個小時，直到人家玩厭了，把車子放下，我便馬上撲過去，把玩具汽車拉去弟弟身旁，讓他嘗試去坐。那個男孩子跑過來想把玩具汽車搶回，我馬上擋着他，說：「你已玩了很久，現在該讓我弟弟試玩了。」我不怕他扯我頭髮，拉我的衣服，我還是要擋着他，讓弟弟盡情地玩，後來那男孩子跑去玩其他玩意，不再和我們爭奪。弟弟玩汽車玩了幾分鐘後，便走開了。媽媽叫我把汽車放回原位，但我說：「再等幾分鐘吧！弟弟不懂表達，可能他一會兒仍然想玩的。」我扶着車足足等了十多分鐘，見弟弟已投入玩其他玩意，我才把汽車放回原處。

當晚吃完晚飯，弟弟累得上牀便倒頭大睡。媽媽問我：

「宇恆，你知嗎？弟弟不單和你一樣有自閉症，他更是中度智障，即是他的智力比正常人為低。他到二十或者三十歲，可能依然是個BB，只有幾歲大的思維。如果你和他出街，一定會被人譏笑，你會聽到很多很多難聽的説話。如果你要照顧他，會是一個很大的責任。」

「放心吧，媽媽！我一定一定會照顧弟弟。」

「你也見媽媽一直很盡力照顧你們，不過，我年紀比你們大，我很大可能會早過他離世。到時，你會否獨力照顧他呢？」

「會！媽媽我答應你，你和爸爸死了後，弟弟就交給我吧。」

媽媽想了想，又給我一個難題：「如果你將來結婚了，但你的太太不喜歡弟弟，不想照顧他，那怎麼辦呢？」

「如果她不想要弟弟，我也不會想和她一起。沒辦法！弟弟是我的家人，我一定要永遠和他一起生活。」

「那麼，如果你很喜歡你的太太，那又如何抉擇呢？」

「如果她不喜歡弟弟，我應該不會很愛她。就算放棄和她一起，我都不會後悔。」

「好吧！」媽媽笑道：「那麼，當爸爸媽媽離開這個世界，照顧弟弟的重大責任就交給你了。」

「好！你和爸爸放心吧！」

十二　竟然被屈偷功課和偷錢

好不容易捱了三年，我終於可以升上高小了。

我的成績順利地把我帶上小四精英班，我對這一班的期望也很高。我相信同學不單止是有極好的成績，還有高尚的品格及善良、誠實等美德。我還以為自己在這精英班會有愉快的學習生活，可惜，我又再一次明白什麼是事與願違。

升上小四，我沒有再給同學打，但並不代表我沒有再給同學欺淩，只是方式改變了。

開學後第四個星期，我開始發覺自己的功課會不翼而飛。

一到課室，我便親手把功課放到行長的桌面。但奇怪地，行長總是說我欠交一樣功課，每天欠一樣，一星期便欠五樣。我自行到課室每個角落和簿櫃搜尋，卻永遠也找不到遺失的功課。全班唯獨是我一個欠功課，我實在百思不得其解。

欠功課，我只有問媽媽要買簿的錢，買新的練習簿重做。重做後的功課，我都親自交給負責的老師，那就萬無一失了。

然而，一星期後，又有同學不見了功課。

「楊卓芝，你今早沒有呈交英文功課，又沒有填寫欠交功課表嗝！」

「陳老師，我確實有交英文功課的！」坐在我後面的楊卓芝帶點激動地道。

「我今早把所有功課往前面傳上去。」

「趙宇恆，你有接過楊卓芝的功課嗎？」陳老師問我。

「有！後面的同學傳功課簿上來時，我當然有接過。」我回道。
「陳老師，中文和數學功課，我肯定我有接過，但是，我好像沒有見過楊卓芝的英文功課喎。」坐在我前面的高超成卻道。
「趙宇恆，你不如看看抽屜裏會否有楊卓芝的功課吧！」陳老師提議道。
我把抽屜裏所有東西取出來，竟然發現楊卓芝的功課就在我的一疊書下面。
「啊~趙宇恆！你偷了楊卓芝的功課藏起來！」同學嘩然地道。
「我沒有偷任何人的功課！我也不知道為何她的功課會在我抽屜。」我一臉無辜地道。
「我猜趙宇恆只是不小心把楊卓芝的功課放了在自己的物品下面，我相信他不是有意的。」陳老師嘗試替我解圍。
「陳老師，陳老師！」楊卓芝指着我的桌面，驚叫起來。「我媽媽今早給我的鋼琴學費竟然在趙宇恆的功課袋裏！我剛剛見到的！那白色信封就是了，信封面上寫着楊卓芝鋼琴費950元！那是我下課後去琴行要交給老師的費用！」
「啊！趙宇恆做賊，他偷楊卓芝的錢！」高超成高八度地叫起來。

「我沒有！我發誓我沒有偷她的錢！她的功課，我也沒有偷……」我竟然被屈偷錢，情緒激動至頂點，頓時大叫起來。

「若果你是清白的，為何你抽屜裏有我的功課，而功課袋還藏有我的錢？你解釋一下吧！」楊卓芝冷着臉，交疊着雙臂，問我道。

十三　沒有必要報警

「趙太，你好。請坐！」

校長揚一揚手，媽媽就在校長前面坐下了。

「關於你兒子趙宇恆的事，你該了解清楚了吧？」

「校長，我已經了解清楚，我相信我兒子並沒有偷人家功課和錢，雖然他上星期有五次不見了功課的不快經驗，但我兒子絕不會有報復式的行動，他知道偷竊是犯法的事。剛才他有些情緒失控，是因為他被冤枉而感到傷心、失望，我已經安撫了他。」

「趙宇恆覺得自己是被冤枉的？」校長反問道。

「是的。上星期他五次遺失了功課，我也有着他請求班主任介入調查，不過，事件好像不了了之。今次雖然同學的功課和錢離奇地在他的抽屜裏被發現，但我選擇堅信兒子的清白。我覺得事件有疑點，希望校方可以跟進。」

「有人證及物證，你仍然覺得有疑點？」校長奇怪地道。

「我兒子曾經多次離開課室，所以，有可能在他離開座位時，有人把東西放進他的抽屜裏。」媽媽回道。

「趙太，你意思是覺得有人存心嫁禍你的兒子？」

「校長，我今天來見你的目的，其實是希望你可以請老師調查事件。」媽媽堅持道。「如果老師沒空調查，又或者毫無頭緒的話，我建議可以報警。如果警方插手查明事件的確是我兒子所做的，我不會姑息。他若果真的犯了錯，就讓他受到應得的懲罰。若不，警方的調查就可以還給他一個清白。」

「趙太，我相信沒有必要報警。我會指示老師認真調查事件，你可以放心！」校長馬上否決了報警這個建議。

*　　*　　*

「宇恆，我們可以回家啦！」媽媽進來輔導室，跟我説道。

「老師查明真相了嗎？」我馬上問。

「老師會深入調查，校長已經答應了我的請求。」媽媽回道。

「我就在這兒等老師調查完畢，便可以馬上知道結果。」

「宇恆，我們先回家去。因為老師的調查或許要花上好幾天。」

「但我很想快一點知道結果呢！」

「你想老師快而輕率地調查，抑或是仔細地深入調查呢？」媽媽問我。

「當然是仔細地深入調查！」

「那我們要給老師足夠的調查時間，不要催促他們，否則查錯了便會冤枉好人。你也不希望老師查錯吧？」

「當然不希望啦！好，我們先回家去。」

十四　書包裏的「情信」

「宇恆，怎麼你仍未入睡？」

媽媽進來睡房替我和弟弟蓋被，發現我依然瞪着眼，未能入睡。

「是否仍記掛着老師的調查呢？」

我搖搖頭，回道：「令我睡不着的並非這件事。」

「那究竟是什麼事呢？你甚少會失眠的。」

「今天我做完功課執拾書簿時，發現了一樣本來不屬於我的東西。」我徐徐地道。

「本來不屬於你的東西？那是什麼？」

「是一封情信。」

媽媽給我嚇得差點眼珠也跌了出來。

「我的兒子……竟然會收到一封情信？是誰寫給你的？」

「是我班裏的一個女同學。」我有些尷尬地回道。「媽媽，對不起！我本來想馬上告訴你，但我竟然不知如何開口說。」

「你最終都告訴了媽媽，媽媽很開心！」媽媽微笑問道：「你可否告訴媽媽，信的內容呢？」

「那封信是給我的。」

「我明白。我不是要拿來看，只是想知道她寫了些什麼給你，為何會令你失眠。」

「不如我告訴你，她信裏哪句話令我最開心吧！」

「好啊！是哪一句？」媽媽追問。

「我信你。」

媽媽呆了一呆，再問：「她相信你？」

「是！她相信我沒有偷人家的功課和錢！」

「她是否看到了些什麼，所以相信你？」

「她沒有說。總之她就是相信我。」我回道。

「她在信裏還有說些什麼呢？」

「沒有什麼特別了。」

「宇恆，你不是說她寫了一封情信給你嗎？」媽媽奇怪地問。

「是的。」

「這女孩子可有提及她喜歡你呢？」

「好像沒有。」我直說道。

「那你為何說那是一封情信？」

「女孩子寫給男孩子的信不就是情信嗎？」我反問。

媽媽輕笑起來。「若果女孩子在信裏說對你有好感或喜歡你，那才算是一封情信。」

「是嗎？原來是這樣的。」我傻笑起來。「那女同學在信裏說她相信我，覺得我沒有做那些事，我已經非常開心，因為班裏至少有一個人相信我，支持我。」

「真好！我們一家人也都相信你，支持你！」

十五　把波波池封場

「趙宇恆同學，早晨！」

「陳老師，早晨！」我急不及待地問陳老師：「請問調查是否有結果了？」

「對呀！我已經分批向同學查問過了。」陳老師一臉嚴肅地跟我說道：「當天，的確是有同學在你離開課室的時候，把楊卓芝的功課和錢放進你的抽屜裏。現在我們都知道，你並沒有偷任何人的物品。一會兒在班主任時間，我會向大家講述事件，還你清白。與事件有關的同學，我已把名單交給訓導主任，他自會跟進。大概午飯時間，我會致電你媽媽，向她解釋清楚。」

「陳老師，謝謝你替我仔細調查事件！」我感激地道，然後又問：「那些同學為何要這樣做？」

「不同的原因，但主要是貪玩，不知後果嚴重。」陳老師回道。「訓導老師會接手處理，待他們復課後，我會請他們向你道歉。」

*　　*　　*

「媽媽，我真的真的很開心！今天應該是我有生以來最開心的一天！因為真相大白了，我是無辜的！我沒有偷任何東西，也沒有故意收起人家的功課，我只是被冤枉。現在大家都知道之前怪錯了我，有些同學還向我說對不起，我跟他們道：只是一場誤會，沒有關係！」我在港鐵月台等待列車時，雀躍地在媽媽身邊團團轉地說。

「事情終於解決了，媽媽也替你感到開心！」媽媽笑道。「媽媽知道你不會說謊，所以一定撐你！」

「媽媽，靜靜告訴你！今天，那個女同學，即是上次寫信給我的那個，在臨放學前又把一封信放在我桌面。」我擁着媽媽，把聲量降低，說道。

「嘩！你真是受歡迎！今天又收情信？」媽媽跟我說笑。

「不是情信！只是很普通的信。」我急道。

「哦——她跟你說些什麼？」

「她跟你說的差不多，她說一定會撐我，她知道我不會偷東西。」

「真好！你有我們一家撐你，在學校，也有撐你的同學，你要珍惜信任你的朋友啊！」媽媽道。

港鐵到站了，我自行把書包背起，媽媽則要把弟弟抱進車廂裏。

在極度擠迫的車廂裏，弟弟開始鬧情緒，不停擺動雙手，還踢起腳來。

不知道是哪個乘客又開始投訴了。一把尖鋭的女人聲音從人羣中傳過來：「怎麼你兒子這樣任性的？車廂這麼多人，他還拍手踢腳發脾氣？你們這些家長，不懂教孩子就不要生啦！」

我看着媽媽雙眼的淚水在打轉。她盡量按着弟弟雙手和雙腳，忍着淚向乘客説：「不好意思，騷擾到大家！因為我的兒子是特殊小朋友。希望大家體諒！」

有人馬上讓座給媽媽和弟弟，車廂裏沒有人再發聲。

坐了三個站，有不少乘客在轉車站下了車，車廂沒有先前那麼擠迫，弟弟總算平復下來了。一位白髮老翁走進車廂，媽媽馬上和弟弟站起來，給老翁讓座。老翁欣然接受了。

車廂的門關上，弟弟照例興奮地大叫拍手。

老翁是剛上車的新乘客，媽媽又開始慣性地道：「不好意思！我兒子是特殊小朋友，小小事情都會有很大反應。若果他騷擾到你們，真對不起！」

「弟弟，你今年幾多歲呀？」老翁藹聲地問，嘗試逗永昇說話。

「伯伯，我弟弟今年五歲，但因為他有自閉症和中度弱智，所以他仍未懂說話呢。」我代弟弟回道。

「不要心急！說話要慢慢學。你是他哥哥嗎？你說話很流暢啊！弟弟將來長大了，應該都會跟你一樣。」

這時，老翁身邊的乘客下車了，騰出一個空位，老翁站起來，把弟弟拉到他身邊坐下。然後把衣袋裏的手機拿出來，播一些波波池的片段給弟弟看。波波池鮮豔奪目的波波，被小朋友拋來拋去，弟弟看了非常興奮。

「你兒子看來很想玩波波池，應該多些帶他們去玩耍。」

「其實我兩個兒子都是特殊小朋友，玩耍時他們會大叫大嚷，拍手踢腳，為怕引來旁人的歧視目光，或者影響別人，我從未帶過他們去波波池玩耍。」

老翁沒有說些什麼，繼續以手機的短片吸引弟弟的注意，嘗試和他傾談。但弟弟什麼也不會說，只會以微笑回應。

傾談了好一會兒，老翁要下車了，他遞給媽媽一張卡片。

「如果你們想到這間酒店的波波池玩一趟，不妨給我電話。我可以把波波池封場兩個小時，讓你和兒子們盡情地玩個夠。不要客氣！想玩就致電給我約時間吧！你和兒子們要加油！保重！」

老翁揚一揚手，便下車了。

「這個伯伯是誰呢？竟然可以把波波池封場兩個小時給我們玩耍？」我不禁問道。

媽媽把他的卡片仔細看了一看。「嘩！原來剛才的伯伯是這間酒店的行政總裁，怪不得他有權把波波池封場！」

「那麼我們是否真的可以去玩呢？」我問。

「要人家封場，不能做生意，是麻煩到別人了。我們記着這個伯伯的善心就是了，還是不要去麻煩人家。」媽媽又道：「上天讓我們接觸到歧視的目光，但同時又讓我們看到陌生人的善心和誠意，讓我們感受到人間有情。這個世界仍然有很多人會接納我們的！」

走出港鐵站，附近有些小販在賣聖誕裝飾和聖誕帽——聖誕快要到來了。我靈機一觸，央求媽媽替我和弟弟各買一頂聖誕帽。

「就作為慶祝今天老師還我一個清白吧！」這個理由很有說服力，媽媽馬上掏出錢包給我們買了。

其實，我買聖誕帽，是另有目的的。

十六　三個願望

這年九月，我開始接觸主耶穌，所以在聖誕節那天，我覺得要為耶穌慶祝生日。

我把這想法跟媽媽說了，媽媽噗嗤笑了出來。「我時常聽到的是小孩子希望在聖誕節收到聖誕老人送的聖誕禮物，從沒聽過有小孩子要和主耶穌慶祝生日，你算是萬中無一！」

就在聖誕節那一晚，我和弟弟戴上聖誕帽子才睡覺，因為，我想和弟弟在睡夢中跟主耶穌慶祝生日。平日的禱告中，主耶穌就只聽到我的聲音，我怕主耶穌不認

得我和弟弟，於是我們都戴上聖誕帽作一個記認。

聖誕節那晚，媽媽在執拾我的書桌時，看到我的祈禱小冊子上寫了三個聖誕願望，其中兩個願望我都不是為自己而求。

第一個聖誕願望是：我希望弟弟可以學懂說話，和我們交談，讓我們多些了解他的想法。

第二個聖誕願望是：我希望弟弟可以盡快戒片。我不懂替弟弟換片和清潔，在家裏擔任這項工作的，一直都是媽媽。若果弟弟可以戒片，媽媽便沒有那麼辛苦。

媽媽說過希望將來爸爸媽媽死後，由我來照顧弟弟。但我忘記了，我自己也比弟弟大好幾年，萬一我比弟弟早死，那麼怎辦呀？

所以，我想加多一個願望，就是希望將來我比弟弟遲死五秒。只是五秒，就足夠讓我無憂無慮，安然離世。

我會為這些願望努力祈求，希望主耶穌會聽到我的禱告。

故事源起

作者通過〈我的叛逆之路〉（《成長路上系列7》）主角Yoyo認識了m。作者第一次和m通手機短訊，她略述了自己小時候被繼母長期虐待的事，和她兩名有自閉症的仔仔的遭遇，希望作者可以撰寫他們的故事。作者訪問了m，並把她兩個自閉症孩子的成長故事寫成本篇小說。

一　懂善用時間就會懂賺錢？

我叫莫一淇，十一歲，小六生。我的弟弟叫莫小正，八歲，小三生。自有記憶開始，我們一家都過着很有規律的生活。

我和弟弟早上五時五十五分起牀，六時四十五分上校車。弟弟和我分別於四時及五時回到家裏，便馬上要做功課和溫習。

七時十分，晚飯時間開始，我會一邊觀看前一晚的電視劇集錄影，一邊吃飯。

長時間工作的爸媽，認為時間就是金錢，每天根據時間表去做每一件事，過有規律的生活，充實的利用每分每秒去做事情，就是懂得善用時間。懂善用時間的人，將來也會懂得賺錢和善用金錢。

爸媽的推論，我不完全明白。懂善用時間就會懂賺錢？這話何解？

不過，爸媽說他們都會善用時間，也會賺錢。若不，又怎可以買一間位於九龍塘區的四房兩廳超大豪宅給我們住呢？爸媽亦說，我和弟弟是學生，該以學業為重。學業以外的事，如玩電腦遊戲、看電視、玩玩具、玩Facebook或傾電話，都應該少做甚至不做，這才能夠完全投入學習。

爸媽的話，我不同意，但總不能違抗。

爸媽說，他們安排的一切，都是為我們好，為我們的將來着想。

他們為我和弟弟爭取到入讀名牌小學，保持良好成績，便可以升上名牌中學，一流大學，讀一些實際並吃香的科目。

不大會想將來的我，只着緊現在。

同學們經常談論的電視劇集和青少年小說系列，我極想看。媽媽說，我可以用優異成績當積分來換取這些「自選禮品」，就像信用卡積分換優惠禮品一樣。

於是，我以中、英文科成績全年甲等換取在晚飯時間看預先錄影的電視劇，並以數學全級第五名的佳績換取兩套小說系列，待長假期時慢慢「享用」。

有這些自選禮品的陪伴，我才可以繼續這有規律但沉悶的生活。

我的沉悶生活，就在聖誕節前一個星期起了變化。

二　怪異問題

「家姐，爺爺什麼時候會死？」

這晚，平日説話不多的弟弟小正，突然在吃飯的時候問我。

專注着看錄影電視劇的我，以為是自己聽錯了，遂問道：「你説什麼，再説一遍。」

「我想知道……爺爺……何時會死？」小正徐徐地把問題重複。

我聽得清楚了，以遙控器按停了錄影的劇集，專注回答他這個奇怪的問題。

「爺爺又沒有什麼重病，好端端怎會死呢？」

「那即是……爺爺不會在這個月內死啦，是嗎？」小正瞪大眼睛，一臉認真地問。

「這個月內？當然不會！」我質問他道：「你是否在網上看了什麼無聊的末世論，以為這個月內會有人死去？」

「不！我才不會看那些浪費時間的東西！」小正嘟嘟嘴道。

「那麼，你怎會問爺爺什麼時候會死？」我嚴肅地問他。

「算了！你不會明白的了！」小正搖搖頭道：「繼續看你的無聊劇集吧！」

小正取過遙控器，按了播放按鈕。不過，小正的怪異問題已令我不能專注看劇。

這小頑皮的心裏究竟在想些什麼？

晚飯時間在七時四十五分完結。

印傭Rosemary飛快地清理好飯桌，我們的補習老師Miss Cheung準時在七時五十分到來，在客廳替我和小正補習。

九時十五分，爸媽下班回家了。

媽媽照例利用補習時間的最後五分鐘與Miss Cheung傾談，聽她簡短交代我們的情況，功課有什麼地方做得不好，默書的錯處……

Miss Cheung離開後，便是爸媽的晚飯時間，亦是我和小正輪流洗澡及執拾書包的時間。

十時十五分，我和小正準時上牀。爸媽會分別走進我們的睡房來替我們蓋被及問問今天上學的情形。我們通常都會說沒有什麼特別，然後，他們便滿意地退出去。

今晚進來我睡房的是爸爸。

替我蓋好被後，他一邊用牙籤剔牙，一邊問我：「今天有沒有特別事情發生？」

這個時候，我通常都累得可以十秒極速入睡，所以，我百分百會說沒有特別事情。

不過今晚，小正沒來由的問了我一個怪異問題，這算不算是特別事情呢？

在我正思考着要不要把這事告訴爸爸之際，他已跟我說：「Good night！」然後轉身關燈離開房間。

三　詛咒成真？

夜半時分，突然鈴聲大作。良久，才停了下來。

我每次被吵醒了，便沒法再入睡。我擦擦眼睛，看看牀頭櫃上的鬧鐘。三時三十七分。吓？那即是……這晚我只能睡五個小時？

「是誰這麼討厭，半夜打電話來『玩人』？不理是誰，叫他快點兒死吧！」我發脾氣，大叫大嚷起來。

「『遮遮』（姐姐），你唔好大叫！」印傭Rosemary進來我的房間跟我說。

「剛才是哪個『乞人憎鬼』來電呀？吵醒了我，我不用睡了！」我怒氣不減的向她吼叫，彷彿吵醒我的是她。

「『遮遮』，」Rosemary走過來，湊近我的耳邊道：「是你爺爺呀！」

爺爺?!

我的心「咚」的像是被重擊了一下。
「爺爺……發生了什麼事？」我震顫着問她。
「不知道！我不明白爺爺說什麼，所以叫先生聽。」Rosemary如實地道。
「爸爸呢？」我急問道。
「換衣服囉！他要去醫院。」
糟了！爺爺出事了！
我一個翻身下牀，衝到外面，只見爸爸媽媽已更衣，準備出門。
「爸爸，你們要往醫院去看爺爺嗎？我也要去！」我慌忙跑上前，攔着他們。
「淇淇，你明天要上學去，還是快點回房間睡覺吧！」有爸跟我說，並輕輕把我推開。
「不！爺爺出事了，我一定要跟着去！」我堅持。
「淇淇，爺爺剛才自己致電來，說胸口有點鬱悶，想看醫生。是他自行致電來的，該沒有大礙，你不用太擔心。」媽媽安慰我。

「若果爺爺沒有大礙，為何你會和爸爸一起去？爺爺一定是很嚴重了！他……他……」我把心中的恐懼宣之於口：「他會不會死呢？」

「傻孩子！當然……當然不會啦！爺爺說過將來……將來要看到你和小正結婚的！」爸爸回道，但語氣似乎有點猶豫。

「好了！好了！我們真的要走了！淇淇，你快點返回房間去吧！」媽媽說。

「Rosemary，你陪淇淇返回房間去吧！」

爸爸招招手，把Rosemary召過來拉着我，他倆便閃身離去了。

我返回睡房，邊想邊哭，直至天明。

爸爸媽媽的手機一直沒有開。

是在醫院範圍不能開？還是因為怕我不停致電去而索性關掉？

五時五十五分，小正醒來了。他一見到我，驚問：「家姐，你的眼睛又紅又腫，你哭過了嗎？」

「小正，我們害死爺爺了！」我說畢，又再淚盈於睫。

「害死爺爺？怎會呀？我昨晚睡得好好的，怎會一覺醒來便害死爺爺？」小正懷疑。

「昨晚，電話鈴聲響起，我給吵醒了，忍不住咒罵來電者。我當時並不知道，來電者是爺爺！

「他的胸口不舒服，要去醫院！爸爸媽媽昨晚一起送他去了，現在還未回來！我很擔心……擔心爺爺會因我們的詛咒而死！」我急得又再哭起來，邊哭邊問道：「小正，你老實告訴我，為什麼你昨晚突然問我爺爺何時會死？」

小正欲言又止，最後，他道：「我不知道家姐你會否明白。女孩子較難明白這些事的。」

「莫小正，你老老實實跟我說——」這時，爸媽回來了。

我暫且「放過」小正，趕上前去追問爺爺的情況。

「爺爺情況穩定，現正留在醫院觀察。不用擔心！」爸爸的話令我稍稍安心下來。

「我們可以去探望他嗎？」我問道。

「小朋友還是不要去醫院了，以免沾上惡菌！爺爺知道你們很惦念他，就夠了。有你們這兩個孝順的乖孫，爺爺一定甜在心頭！」媽媽微笑道。

孝順的乖孫？

我和小正算是嗎？

四 「火箭製造者」變「專業股票投資者」

今天下課回家，只有我獨個兒與功課和書本搏鬥。因為，小正快要參加羽毛球比賽，他要在下課後「狂練」三個小時。

晚飯後，我照常補習。小正回家後就在睡房吃晚飯和做功課。

個半小時的補習，我心不在焉。

是沒有了小正在身邊？還是依然為詛咒爺爺一事而內疚不安？

兩樣都有。

爸媽比平日稍遲回來。

「爺爺出院沒有？」

這仍然是我最關心的一件事。

「爺爺明天該可以出院了！」爸爸宣布這個喜訊。

「太好了！我想去探望他，可以嗎？」我問。

「你要上課、補習，後天開始還要上升中面試特訓班，哪來時間呢？」媽媽拒絕了我的請求。

「淇淇，多等數天吧！聖誕節那天，你便可以見到爺爺！」爸爸微笑跟我説：「我們當天會到爺爺的家跟他過聖誕，你二叔一家都會去，到時，你可以跟你的堂弟玩。」

我的二叔？堂弟？

上次見他們，好像是數年前了。

那是嫲嫲去世之後，二叔和爸爸好像為一些事情而起紛爭，之後，我們兩家親戚便不相往來。

現在，爸爸居然會願意跟二叔過聖誕，是因為他兩兄弟早已冰釋前嫌？又或者——是因為爺爺病況嚴重，快不久於人世，所以，爸爸無奈要邀請跟他不和的二叔來見爺爺，以了卻爺爺一家團聚的心願？

終於見到我惦念已久的爺爺，我差點兒哭了出來。

爺爺比以前憔悴了，他見到我和小正，開心得笑逐顏開。

「爺爺，你現在怎樣呀！」我關切地問他。

「爺爺沒事了，真的沒事了！」他笑笑，摸摸我的頭。

「但為什麼爺爺你在醫院住了三天那麼久？」小正問道。「上次我又屙又嘔，都只是住了一晚罷了！」

爺爺沒有回答，卻從沙發旁的櫃裏取出一個大膠袋，從袋裏掏出一份報告，揭到其中一頁，指了一指。

我和弟弟把頭湊在一起，仔細看了起來。

我從未見過這樣的東西，但我相信，這四幅圖的「主角」都是心臟。

「我在醫院住了三天，就是為了做這個心臟掃描，看清楚我的心臟有沒有問題，為什麼會突然心跳急促，透不過氣似的。」爺爺道。

「結果怎樣呢？」我盯着這四幅清晰的心臟彩圖，緊張地問。

「醫生說，我的心臟很健康，不用接受任何手術。偶爾的心跳急促，該是受情緒影響。我要處理的只是小問題，服點藥便可以了。」爺爺徐徐地回道。

這時，二叔一家到來了。

我終於見到這幾個多年沒見面的親戚。

二叔和二嬸明顯地發福了不少，堂弟則瘦得像柴枝，樣子酷酷的，沒甚笑容。

「Hi，偉賢！」身為堂姐，我當然要主動跟他打招呼。「很久沒見了，你還認得我嗎？」

「他不叫偉賢了。半年前，我替他改了名字，叫做金童！」二叔代他應道。

「為什麼好端端要改名？」爸爸好奇問。

「我們幸得高人指點，知道他要改名才有『運行』。金童這名字就花了一萬元改名費！」二叔答道。

「一萬元改名費，值得嗎？」媽媽懷疑。

「當然值！改了名字之後，金童的運程完全不同了！」二嬸代答。

「有何不同呢？是否學業成績有極大進步？」媽媽猜道。

「不！」二叔搖搖頭道：「學業成績好並不等於將來會掙大錢，生活有保障。你也知道，現今社會，大學畢業生，碩士生，甚至博士都未必有高薪厚職。反而，越早學懂投資理財，他會一生受用。他改名叫金童之後，手持的股票，五隻中有三隻都大升差不多一成，賬面合共賺了差不多兩萬元！厲害吧？」

爸爸猶豫了片刻，問二叔道：「你的意思是在他改名之後，你手持的股票就大升？」

「不！不是我持有的股票，是金童持有的股票！」二叔更正道。

「金童持有股票?!」

爸媽同時叫了起來，我也吃了一驚。

「是又怎樣呢？你們不用大驚小怪吧？」二叔失笑。

「金童年紀比一淇還要小，一個小五學生，怎可能持有股票呀？」爸爸不可置信地問道。

「怎麼不可以呢？我以自己的名義，在銀行開一個股票戶口，存入一點資金，給他戶口號碼和密碼，他就可以用電話或上網買賣股票了。」二叔解釋。

「那些銀行職員聽到小孩子的聲音，還會替他做買賣嗎？」媽媽也禁不住問道。

「我用電話買賣股票，當然不會選擇經銀行職員買賣，按鈕做買賣不就可以了嗎？」一直未有發言的「小主角」金童終於開「金」口了。「爸爸教我，按鈕時要打醒十二分精神，千萬不要按錯股票號碼和股數。其實，根本很難會出錯，因為在確定買賣時，音頻會把資料重複，讓你聽得清清楚楚，才按確定鍵。除非是超級大意的人，才會出錯！」

金童的一番話，完全不像是一個小五男孩子會說的話。

我對他的記憶，只是停留在數年前的一次家庭聚會。快升上二年級的「金童」，由爺爺嫲嫲帶來我家吃飯。我跟他坐在地上砌Lego，玩得不亦樂乎。他創意十足，而且十分靈活，半小時左右便砌出一個火箭基地，十五分鐘便砌出一支直立的火箭，不像小正，永遠只會砌屋。

如今，這個「火箭製造者」竟變成一個相信是全港年紀最小的「專業股票投資者」，世事的確變幻莫測。

「金童……他……究竟是怎樣開始炒股的？」爸爸驚魂未定地問道。

「唔，差不多一年前吧。」二嬸回應。「我們在他四歲時替他開了一個兒童儲蓄戶口，儲起他的利是錢。

「今年農曆新年後，我們照例帶金童到銀行存利是錢，他自己隨手打開存摺簿一看，驚道：『存款利息只有幾毫?!那我把錢存在銀行幹什麼呀？』

「他這樣問，我也不知道怎樣回答他。後來，他看到銀行股票機前站滿了人，問我：『怎麼這樣多人買股票？是否可以賺許多錢？』

「我覺得，橫豎他長大了都需要學懂買賣股票，何不讓他早一點接觸？所以我和阿智商量過後，決定教他投資股票。但如果只教懂他買賣操作，看股價，股市新聞，就只是紙上談兵。我們認為，給他資金及投資戶口，讓他真正有些操作目標，他才會更投入，更積極去研究投資策略！」

「他真的很用心去做功課——我意思是『投資的功課』，千挑萬選才選了五隻優質股票。他問我意見，我想了想，說：『選得不錯！反正是有實力的股票，就全部都買吧！』」二叔露出滿意的笑容。

「你真的替金童把他選的股票全部買下？」媽媽圓瞪着眼睛問道。

「有什麼問題呢？反正我的錢，將來都是留給他的。現在提早一點教他投資，他掌握了技巧之後，將來社會怎樣變，我也不用擔心他『搵唔到食』！社會的趨勢就是這樣，你不早日學懂炒股投資，一定吃虧！」二叔道理鏗鏘地回應。

「金童現在幾歲？」媽媽問二叔。

「他剛滿十一歲！」二叔回道。

「上星期，我才帶他去領取兒童身分證。」二嬸補充道：「入境處的職員說他看來很『老積』，像個初中生呢！」

「股票市場風高浪急，跌市時，恒生指數可以大跌過千點。我們這些成年人也覺得難以承受，更何況是十一歲的小孩子呢？」爸爸帶點激動地說。

「股市的升跌，是自然定律，跟日出日落一樣。這點，我完全明白！」我們的「焦點人物」金童又發言了，照例又是語出驚人。

一眾大人都噤聲了，看着他從背囊中取出一本書。

那是一本我們這些「一般小學生」聽也沒聽過的書——《一生受用的一百個炒股攻略》。

「你——看得明這本書嗎？」連我也忍不住要問金童。

「當然明啦！」金童理所當然地道。「堂姐，你也該看看這本書！」

我戰戰兢兢的把書接了過來，翻了幾頁，什麼「國企股」、「內銀股」、「市

一生受用
的
一百個炒股
攻略

盈率」、「日線圖陰陽燭」，全部是一些我完全不明白的名詞。

「金童，你要打理五隻股票那麼多，天天都要留意大市，怎能夠專注學習呢？你讀小五了，快要考呈分試，該把全副精神放在學業上才是！」媽媽又做她最喜歡做的事——給人忠告。

但今次，我認為她的忠告非常正確呢。

「金童很懂得分配時間。他下課回來，還趕及在收市前半小時做買賣或了解行情，之後便是做功課和溫習的時間。他很自律，自理能力亦高，絕少欠交功課。」二嬸誇讚兒子時，嘴角不經意地泛起笑容。

「其實，金童那五隻股票，每隻都只是買了一、兩手，投資金額不算大。早些讓他接觸股市，了解一下升跌市的震盪，可以培養他的風險意識。倘若遇上大跌市甚至股災，手上的股票成為『蟹貨』，對他來說，是另類教育，教懂他要面對挫敗，要從失敗中檢討。」二叔又道。

「這亦可以讓金童知道，在每個人的成長路上，沒可能事事順境。」二嬸補充。

二叔二嬸的話，聽來好像有點道理，但若果金童和我對調身分，我當上二叔和二嬸的女兒，要在課餘時間看財經新聞和炒股，我會非常痛苦，我寧願他們要我學五種樂器，報名上十個課外活動，或要我在一年內學懂四種泳式，也不願意去做一些我完全沒興趣沒能力去做的事。

「可以吃飯了！」

新聘來照顧爺爺的鐘點女傭霞姐已擺放好餸菜和碗筷了。

「好！我們一邊吃飯一邊談吧！」爸爸站起來說。

五　有什麼比親情更重要？

「你弟弟和弟婦簡直是瘋了！無緣無故替兒子改名叫金童，想他早點找個玉女嗎？

「他們最瘋癲還是替一個剛滿十一歲的小孩子開股票戶口，給他數萬元去炒股！

「小孩子心智未成熟，縱使聰明得可以理解市場運作，明白買賣模式，亦不應該讓他嘗試炒股活動！

「想想看，十一歲炒股，若賺了錢，嘗到甜頭，他當然會繼續炒。炒股、炒金、炒銀、炒樓……小孩子怎可以這樣呢？小孩子該學習腳踏實地做人，努力讀書，將來努力工作，掙到錢、儲到錢才考慮投資。」

回家途中，媽媽咬牙切齒地連珠炮發。

「又不是你的孩子，你用不着這樣緊張！」正在駕駛的爸爸回應道：「況且，家家都有不同的『教仔』方法，你無權干涉。

「一般人想自己的仔女當醫生、律師，不過，阿智和他老婆或許立心要培育出一個『香港巴菲特』，那又如何呢？他提早給兒子灌輸投資知識，可能真的會訓練出一個天才也未定。但若果你在他們面前諸多批評，會『阻人發達』，親戚也做不成！」

「哈！阿智不是已經有好幾年不跟我們往來嗎？男人之家，這麼小器，又斤斤計較，我從沒遇過！剛才見面，我真的想問問他，還有沒有惱恨奶奶臨死前指明要把一對龍鳳鐲和一隻金戒指留給一淇而不是留給他的寶貝兒子？他替兒子改名做金童，是否因為此事——」

「喂，說夠了！你忘了嗎？孩子就在後面！他們已經不小了，聽這麼多大人的是非，難保會有樣學樣，而且，我們還會再見阿智一家的……」爸爸叫停了媽媽。

車廂回復寧靜，爸爸開始播放柔和的音樂。

剛才媽媽的一番話，已解答了我許多的疑問。

為何在嫲嫲病死之後，我們和二叔一家會不相往來好幾年。

原來就是因為嫲嫲送了我這個唯一的孫女一些貴重的禮物。

在嫲嫲患病前半年，我每個星期日上午，都到爺爺嫲嫲的家，跟嫲嫲學習織頸巾和繩結。

嫲嫲的專長，碰巧又是我的興趣，我們的「一對一」課程，就在我剛滿八歲那時開始了。

嫲嫲很樂意把她的「研究心得」傳授給我，她認為，只有我有能力亦有興趣成為她的「傳人」。

除了傳授編織和繩結技術，嫲嫲還會教我紮髻和紮辮。一次，她替我用彩繩紮了七色彩辮，令我在同學的生日會上成了全場焦點，幾乎每個到場的賓客都讚我的辮子別緻漂亮，要跟我拍照留念。

可惜，我們的師徒關係，在嫲嫲確診患了末期乳癌後便被迫終止了。

央求了爸媽很久很久，才有機會去探望正住院的嫲嫲。

見到病榻中的她，枯黃瘦削得像片乾枯的落葉，幾乎連睜開雙眼的力氣也沒有了，我便難過得哭起來。

嫲嫲微笑着輕撫我的頭，叫我「乖孫」，又頻說：「不用擔心我！我沒事。」

然而，嫲嫲還是敵不過癌魔，在她生日前兩天病逝。

她留下了龍鳳鐲和金戒指給我，我還是到今天，聽到媽媽在車上說的一番話才知道。

對我來說，嫲嫲留給我的東西，最珍貴的還是她傳授給我的手藝，和一段段愉快的回憶，其他的物質東西，若果二叔二嬸很想要的話，我絕對不介意給他們。

我不明白大人的世界到底是怎樣的。老師在德育課常教我們要寬宏大量，以愛待人，尤其要愛錫家人和親戚朋友，但二叔二嬸竟因為嫲嫲給我這小小的餽贈而與親哥哥和爸爸不相往來好幾年，是否太傻？

有什麼比親情更為重要呢？

六　工字不出頭，炒股冇有錯

在農曆新年前，學校邀請香港家庭福利會來給我們小四至小六三級同學舉行模擬理財活動。

我們用了一節周會的時間，在工作、進修、娛樂，購物、賭博、財務、投資眾多範疇中，嘗試感受一下成人的理財方式。

這是我們從未試過的活動，雖然是模擬的，但大家都感到很雀躍。

可以提早「進入」成年人的花花世界，是我們不少同學一直嚮往的。

在活動中，我選擇讀書直至碩士畢業。

媽媽常說，在現今社會，讀書至大學畢業是最基本的要求。那麼，我讀至碩士畢業，媽媽該感到很「安慰」吧？

碩士畢業後，我選擇工作。

然而，我的同學子媚和忠華卻有不同的選擇。

「唓——讀那麼多書來做什麼呢？」子媚挑戰似的道。「報紙也報道過，有個碩士畢業生，寄出二百封求職信，結果都找不到工作。我認為，讀至中學畢業就夠了。我的表姐還厲害，中四還未讀完便工作，當商品模特兒，一天工作幾個小時罷了，一個月就掙二萬多元，比我那大學畢業，在銀行工作的表哥還掙得多。你說，讀書來幹什麼？」

「讀書是為了充實自己囉！」我覺得有維護「讀書」的必要。

「我爸爸也是讀書不多的人，但他懂做生意和炒股炒樓賺錢，他說該可以提早在四十八歲左右退休，享受人生。我也想像他一樣，多賺些錢，之後『狂玩』，吃喝玩樂！」忠華也是不大相信讀書的意義。「我不認為讀書可以充實自己，我覺得，投資賺到錢，錢包脹滿的，銀行戶口長期有七位甚至八位數字，人就會感到充實。」

「我同意啊！所以，無謂浪費時間讀大學了。讀完中學，試做一、兩份工作，儲點錢，然後就炒股，及早『搵快錢』。我阿媽說：『工字不出頭！炒股冇有錯！』」子媚笑道。

又是炒股？難道，炒股真的可以賺大錢，比上班更好？

「我才不會聽你們的廢話！」月珊嘟嘟嘴，道：「那些股票投資節目，到了最後，通常都會打出一句——投資涉及風險。你們可知道那是什麼意思呢？即是——炒股可以賺大錢，同樣，亦可以令你輸掉身家！那跟賭錢有什麼分別呢？」

「炒股是膽大的人、真正有勇氣的人才會做的事！你們這些樣樣都怕的人，還是『打工打一世』好了！」忠華翻了一個白眼，那眼神討厭之極。

「開市了！」扮作「理財博客」主持人的香港家庭福利會職員高聲道。令我驚訝的是，場內有接近一半的同學都蜂擁而上，圍着電視熒幕上那模擬的恒生指數議論紛紛。

「吓？原來有這麼多人選擇投資股票了？」月珊呆立當場，自言自語地道。是他們有驚人的勇氣，還是我們太膽小呢？

「因受緊縮政策影響，內地股市低開，拖累港股一開市即跌穿一萬七千五百點，跌至半年前的低位，藍籌股全線下挫，匯豐跌至兩年來的低位……

「內銀股的沽壓亦非常沉重，工行、交行、建行都跌過五個巴仙……」

「什麼叫緊縮政策？什麼是歐洲債務危險？為什麼股市一跌會跌三、四百點？」有人問道。

「為什麼我買匯豐都會跌？匯豐不是最安全的藍籌股嗎？」

「我買的中國銀行都跌，死啦，早知不買股票，買外幣好了。」

「你以為買外幣就很安全嗎？我以為澳元利息高，回報豐厚，怎知這一買了，它一跌就跌毫半，息高都沒用，還是要蝕本！」

「嘩——」在圍看「股票機」的人叢中，有人叫了一聲，然後大哭起來。

「什麼事呀？是否有同學被撞跌了？」負責活動的馬老師急急衝前問道。

「不！沒有人跌倒，只是有人在大哭！」有同學回道。

人羣散開，站在中央的一個小四女孩子不停在掉淚。

「你為什麼哭呀？」馬老師柔聲問道。

「我買了六隻股票……全部都大跌啊！」女孩子哽咽道。

「我們這個只是模擬活動，你買的不是真的股票，不用怕！」馬老師安慰她道：「到你長大了，有工作，有錢要做投資，到時再考慮自己能承受的風險，選擇合適的投資工具吧……」

「無聊！有什麼值得哭呢？」站在一旁的忠華悄悄地道：「買了股票的人，遇上大跌市，人人都『蝕入肉』。我何嘗不是呢？但，有『危』就有『機』，跌市反而是入市良機，我一定要趁低吸納。」

「趁低吸納？你還有錢嗎？剛才你不是已經『大手筆』入市了嗎？」我好奇問他。

「是呀！我的錢所餘無幾了，但我很想趁低價掃貨。一淇，你借點錢給我，可以嗎？」忠華竟然問道。

「我的是『血汗錢』，絕不會借給你炒股！」我堅決拒絕。

「那我就向銀行或財務公司借錢吧！」忠華把心一橫道。

「借錢要給利息的！」我提醒他。

「還不到的話，最多『入獄』！」忠華鬼鬼地笑道：「又不是真的要坐牢，沒關係！反正活動時間快要結束了，借了，也未必有時間還，就算借多一點都沒問題！」

七　高危活動

當天，我剛下課回到家裏，便收到爺爺的鐘點女傭霞姨的來電。

「我剛買完餸，到你爺爺家，便見到他手腳震顫的……他按着胸口，說心跳得很快，很不舒服……我致電你爸媽的手機多次，都找不着他們，我不知道，是否該叫白車，還是帶他到對面街的診所……」

我大驚，急道：「我只是個小孩子，這些事……不該由我來決定啊！但……」但當我想到，爺爺年事已高，心臟又是這麼重要的器官，不得不認真處理，遂快速作了一個較保險的決定：「霞姨，還是叫白車吧！」

放下電話，我已沒有心情做任何事，只是心焦如焚地等待霞姨或爸媽的回覆。

約莫一小時左右，電話響起來了。

「喂？」我拿着電話筒的手，震得差點連電話筒也拿不穩。

「原來是虛驚一場！」

霞姨的一句話，令我釋然。

「救護員剛才到來時，你爺爺説他已好了很多。救護員剛才為他作檢查，説他的血壓和心跳都很正常，相信之前是精神緊張以致心跳加速。他們評估過，認為沒有需要送院。剛才，你爸爸回覆我電話，説為安全計，他會趕來帶爺爺去見見他的心臟科醫生，然後送他去你們家小住一段時間，確保有人二十四小時看顧着他……」

爺爺搬來跟我們小住？太好了！日日見到他，我們不用掛心！

小正從球場走出來時看見我，驚訝地指着我問：「家姐，怎麼會是你來接我的？Rosemary呢？」

「她正忙於執拾，因為，她暫時要讓出房間，讓爺爺搬進去睡。」我微笑道。

「爺爺會來跟我們一起住？」小正又是一驚。

「是暫住，方便照顧嘛。」我回道，「今天，爺爺突然心跳急速，差點又要入醫院。嚇死我了……」

「家姐，爺爺剛才是否幾乎死？」

小正又吐出那條詛咒似的問題。

「小正，」我立在原地，扯着他，嚴厲地問道：「為何你經常會問這個問題？你老實回答我！」

小正兩隻大眼睛眨了眨，道：「你轉過去望望後面吧！」

我一轉身，只見一排四間的地產公司。

「你想我看些什麼？」我不解，問道。

小正走到其中一間地產公司的櫥窗前，指着其中一張印着樓價的廣告道：「爺爺住的高輝閣，樓價在這個月是最高的，至少是我觀察的這幾個月以來最高的。五百三十呎賣三百二十萬元！三個月前，只是二百四十萬而已！」

我還是不明所以。「樓價高，又如何呢？」

小正扁扁嘴，一副沒好氣的樣子。

「爺爺跟我說過，他很掛念嫲嫲，很想快點在天堂見到她。我當然不想爺爺死，但他說嫲嫲死了三年，他仍然很不習慣沒有她在身邊。就算他到老人中心玩，或找朋友荼聚，都不能排解沒有了嫲嫲的那份寂寞。我常跟爺爺通電話，所以我知道。

「爺爺曾悄悄跟我說，知道大家都關心他，但他其實很希望有一天能夠在睡夢中逝世。如果他死了，他會把物業留給我，讓我變賣，儲起這筆錢，將來供我讀醫科，還有開診所。

「如果爺爺現在死了，我立刻賣出他的單位，便可以有三百二十萬元，一定夠我讀醫，還可以去英國讀，又或者做藥物研究，將來研製一種藥，連末期癌症都可以醫治……」

面前這個小正，是一個我不大認識的八歲男孩子。

還以為他問「爺爺何時會死」是對爺爺的不敬、不孝，但我完全沒想到他這一問，背後的真正原因是什麼。

我跟嫲嫲相處數年，她離開時，我難過得要死。爺爺跟嫲嫲相處四十多年，他的難過程度該比我多好幾倍。嫲嫲死後，爺爺便成了獨居老人。我們各有各忙，探訪他的次數少之又少，難怪爺爺會因寂寞而「很想快點在天堂見到嫲嫲」了。

就在大廈門口，我們碰到爺爺和陪伴着他的霞姨。

「爺爺，爸爸呢？他不是陪你去看醫生嗎？」我問他。

「你爸爸去了藥房替我買東西，讓我先上你們家。」爺爺回道。

「爺爺，剛才醫生怎樣說呢？為何你檢查過心臟，證實沒事兒，卻會突然心跳加速？」在等候電梯的時候，我忍不住問他：「是否驗得不夠徹底？」

「醫生說，我的心臟沒有大礙，只要放鬆情緒就可以了。」爺爺淡淡回道。

「爺爺，你不用上班、又不用上學，有什麼事會令你緊張呢？」我奇怪。

爺爺微笑不語，霞姨代他回道：「我四時左右到達你爺爺家，見到他在看財經新聞，那些什麼分析一日股市情況的節目，談這隻股票升，那隻股票跌。

「我還未把餸菜放下，便見到你爺爺他彎下身子，一手按着胸口，一手還在握着電視遙控器。我見狀便知道他有不妥了。」

我怔了一怔，問爺爺道：「爺爺，你……有炒股嗎？」

爺爺尷尬地笑笑道：「少許而已！我閒着沒事做，才想學人家投資，『錢搵錢』，怎知，昨天一入貨，今天便遇上恒生指數大瀉一千點。唉……所有股票都成了『蟹貨』！」

「爺爺！醫生叫過你要放鬆，不要做些令自己緊張的事，你就要聽話！」我的「口吻」像是在教訓一個小弟弟，然而，面前的卻是我那六十多歲，白髮蒼蒼的爺爺。

「連年紀小小的偉賢都炒股，我以為我也可以。」爺爺辯道。

「爺爺，他已不叫偉賢，叫金童呀，你忘了嗎？」小正更正他道。

「唉……」爺爺歎道。「偉賢這名字是我改的，他們竟然未有跟我說過半句，便改了個庸俗的名字。金童金童，人人都知道他一家人都『拜金』了！」

電梯終於到了，我扶着爺爺走進去。

「爺爺，你說二叔一家拜金，那你又為何忽然炒起股來？沒事可做，可以看電視、下棋、養魚養龜，不一定要炒股！」我又忍不住繼續「教訓」他了。

「你嫲嫲臨死前把所有金器、首飾留給你做嫁妝，我則打算將來把我的物業留給小正，因為他想讀醫，要花很多錢的。那麼，我剩下的養老金就該留給偉賢，那才公平。

「不過我怕到我百年歸老時，剩下的錢不會多，所以，我便想到買股票。怎知，現在我那些錢卻被『綁着』，不知如何是好！」

「被綁着不是更好嗎？」小正忽發謬論，令我禁不住用眼睛「毒視」他。

「那即是上天叫爺爺你不要再買股票，就輕輕鬆鬆生活好了！」小正不慌不忙地解釋。

我聽了，轉怒為笑。

走出電梯，快到家門了，爺爺突然停下來，神色凝重地跟我們道：「你們要答應我一件事。」

「什麼呢？」我們問。

「千萬不要告訴你們爸媽，我買股票的事，以免他們囉唆！」

「好的。但爺爺你也要答應我們一件事——要輕輕鬆鬆過日子，不要再進行『高危活動』了！」我也認真地道。

「沒問題！以後我就聽你們這些乖孫的話！」

故事源起

報道指，有傳統著名小學的學生家長提供六位數字金額，讓兒子學習炒股票，「任蝕唔嬲」；有幼稚園學生看見上、下箭號，說出「恆生指數」；更有小三學生因現時樓價高，爺爺死後自己可繼承物業，遂問父母：「爺爺幾時死？」

《經濟日報》二〇一一年十二月十二日社會要聞版

我要變靚啲

一 五歲弟弟也整形

「嘩！望穿秋水的聖誕假期要做兩份讀書報告？趙老師真過分！辛辛苦苦捱過期中試，之後的聖誕假期，還不讓人輕鬆一下？」小息時，Molly拿着剛收到的功課指引，怨聲載道。

「聖誕假期有十二天之多，做區區兩份讀書報告而已，有何難度？」甚有書緣的書淇聳聳肩，道。

「你有所不知了！」坐在旁邊的毛婷以手斜掩着嘴，以揭秘的口吻説：「Molly在聖誕假期有特備節目呢！她媽媽會帶她去韓國，明年一月，我們會見到一個全新的Molly！」

「全新的Molly？什麼意思？」書淇追問。

「即是，她會改頭換面囉！」毛婷表情詭異。

「難道……難道Molly聖誕假期去韓國的目的是整容？」書淇驚訝得把嘴唇張開成一個大圓圈。

「我只是去打針而已，算不上是整容。你用不着大驚小怪。」Molly氣定神閒地說。

「你為何要打針？」書淇索性坐到Molly身邊問。

「為了瘦面。」Molly以手掌輕按面頰。「我在BB時期開始已有這塊『包包面』，雖然我的身材跟肥胖扯不上關係，但媽媽說我的臉蛋令人誤會我是一名肥妹，要整的話，最好趁早。將來升上高中，功課較忙，沒可能騰出時間。」

「你打算將來選港姐嗎？為何要老遠去韓國打針瘦面？」書淇不解，問道。

「我覺得你面圓圓的，很cute啊！」

「我現在十三歲，仍『cute得起』，但我不想三十歲仍給人說cute啊！我未必會選港姐，不過，我肯定會工作、拍拖、結婚。媽媽說，一般男孩子都會喜歡身形苗條，面型尖尖的女孩子，就算將來找工作也會易一點，因為許多老闆會覺得，肥人好吃懶做，瘦人勤快些……」

Molly滔滔不絕說了一大番她堅信的「道理」，書淇依然無法理解，好端端一塊圓圓的可愛的臉蛋，為何要把它壓尖才算符合美的標準。

令書淇更意外的，是居然連媽媽也「信奉」Molly說的一套，更用行動引證她的想法。

「那麼巧？我也正打算帶你弟弟去見整形醫生。」

當書淇告訴正在廚房洗菜的媽媽有關Molly的「聖誕計劃」後，媽媽竟然眉頭也不挑一下，便給她這個意料之外的反應。

「見整形醫生？媽媽你瘋了嗎？弟弟只有五歲而已，你——你要他去整什麼呀？」書淇激動起來，說話也有點走音。

「還用我多說？你弟弟的『兜風耳』囉！」媽媽這才抬起頭來，瞄一瞄她，又繼續低頭洗菜，一邊道：「他去了隔壁聰仔家玩，我才跟你說，他上了幼稚園不到一個星期便說很不喜歡上學。不是因為適應問題，而是因為很多同學取笑他的『兜風耳』，叫他『大笨象』。有一次我帶他上學，無意中聽到竟然有家長跟小朋友一起取笑他！我真的很憤怒，想馬上衝前去罵人家沒家教，但是，罵得一個，罵不得全部，我沒可能制止所有人嘲笑他。

「最有效，可一了百了的方法，就是替他安排做整形手術，這樣『大笨象』這花名才會永久跟他脱離關係，喪失了的自信也可以尋回。」

「弟弟才五歲大，你便安排他做手術？」書淇質疑，「他可以承受嗎？」

「我上網查過資料，五歲大的小朋友，耳朵結構成長已超過90%成熟，適合做改善『兜風耳』的手術。現在不做，難道要他給人家多嘲笑幾年才做？」

媽媽的反問。令書淇啞口無言。

與弟弟相處數年，只覺他可愛無比。縱使他的雙耳確是比平常人大了一點，兜了一點，書淇還是不覺得他有整形的必要。

「或許，我對他外觀的評分加了不少感情分數；又或者，我看事情不及媽媽宏觀；又可能是，一直以來，我只顧埋首功課堆和書堆，沒有太多時間放在家庭，不太了解家人的需要。」她在心裏暗道。

「你是幸運的！我跟你爸爸外貌的優點，你全部都有，但你弟弟則包攬了我們的缺點。」媽媽洗好菜了，抹一抹手，轉身往櫥櫃拿鑊子，準備炒菜。

「爸爸也有『兜風耳』，但他不是一直也沒有做整形手術嗎？」既然媽媽提起遺傳這回事，書淇順勢問道。

「你爸爸的『兜風耳』沒有弟弟那麼嚴重，你爸爸自小已高大健壯，不笑的時候樣子兇神惡煞，哪有同學敢取笑他的『兜風耳』呢？

「他中學畢業便在爺爺的茶餐廳工作，之後便接管餐廳，自己做老闆了。客人不會因為老闆有對『兜風耳』就不光顧餐廳，而我嘛，亦不會因為他的耳朵太兜而嫌棄他，不肯跟他結婚。所以，整形對你爸爸來說，是絕無必要的。弟弟則不同了。他生得矮小，又內向害羞，給人嘲弄，不懂反抗。我亦不會刻意要他步你爸爸後塵，將來接管餐廳。他可以發掘自己的興趣，走自己喜歡的路。我只是希望，手術能改善他的外貌，令他的社交關係不致受阻礙。」

鑊熱透了，媽媽把菜放到鑊裏，滾油「劈里啪啦」的向四方八面彈跳。

媽媽本是琴行的鋼琴老師，誕下書淇後便辭工照顧家庭。一雙曾在琴鍵上游走的纖巧的手，如今已被家務粗活和歲月磨蝕得臘黃粗糙。

爸爸由以前的高大健壯演變成現在只是高大，卻瘦削體弱。每逢流感高峯期，他總會「中招」，還有三次要住進醫院裏，剛滿四十歲的他已捱出一身病痛兼滿頭銀髮。

「你弟弟整『兜風耳』的事，我已跟你爸爸商量過，他很贊成。」

媽媽炒好菜，盛了滿滿一碟。

原來爸爸也同意讓弟弟做手術。書淇把另一個驚訝活活吞進肚裏。爸媽不介意自己的外貌逐漸衰老變醜，卻擔心孩子因外觀的小瑕疵而失自信，被排斥。

「本來我想帶健仔去公立醫院做，但你爸爸認為找私家整形醫生好一點，怕在公立醫院排期做手術會等太久。

「希望儘量在他升小學之前完成手術，讓他可以開開心心以新面貌上小學。這是我們的心願。」

二　心中的天使

晚上十一時半，書淇已完成功課和溫書。比平常早了一點，遂開了手機

WhatsApp的「2D blow water area（吹水區）」羣組，「八卦」一下。

「啱啱知，Molly十二月去Korea不止打針瘦面，仲會排期隆胸！」

「講真？」

「點知ga？」

「佢家姐喺fb講ga！仲話Molly恨做歌星，之前叫阿爸幫佢買咗一支8千蚊嘅咪，俾佢錄咗兩首歌寄去日本參加一個新星選拔，如果好彩入圍，就要親自去日本參加比賽。所以佢咁心急要考完試就去瘦面，佢覺得自己好大機會入圍。」

「佢唱歌好聽？我5覺。佢塊面瘦D會好靚？我5信lor。」

「佢阿爸又會肯買支咁貴嘅咪俾佢，佢阿媽又肯帶她去韓國瘦面隆胸，一齊陪佢癲，簡直係瘋癲家族！」

「佢家姐冇癲呀，佢係5贊成ga，但冇人聽佢講，咪上fb呻吓lor。」

「Molly如果真係想做歌星，喺香港參加《超級巨聲》都得la，5洗去日本咁遠。」

「要做歌星，不如先學吓唱歌，唱好D再講！只顧整靚個樣同身材，有乜用？

抑或佢想做𡃁模多D？」

「如果佢真係想做𡃁模，就5該佢眼耳口鼻都整晒la！」

「如果佢真係整晒全塊面，咁係咪要換過ID card果張相？」

「如果佢真係改頭換面，學校會5會5俾佢返學……」

這個「吹水區」羣組，是開學第三天成立的。顧名思義，純粹閒聊，交換是非、八卦事項。書淇通常只看而不留言。

但，今天同學談論的是跟她自小六已相識，一起派往同一所中學並繼續同班的Molly，書淇不禁墮進沉思裏。

小學時的Molly，常參加朗誦、才藝比賽，明顯地有無窮的表演慾，不過，她渴望做歌星？書淇對此毫不知情。

一起由一所教會小學升到同一個教會的中學，Molly卻沒有被濃濃的宗教氣氛和純樸的校風所感染，要在十三歲這一年以人工方式令自己的外觀達至世俗的標準。

曾幾何時，她不是只以追求卓越成績和升讀band one英中為人生目標嗎？

是否因為這些目標都已經達到，Molly才會轉而追求完美的外貌？

有了完美的外貌，人便會比前快樂？

任何手術都會有一定的風險，整形手術都不例外吧。Molly可有考慮到這一點？爸媽想為弟弟安排整形手術改善『兜風耳』，有想過手術萬一不成功會帶來什麼後果嗎？

「姐姐，」弟弟忽然走進書淇的房間，問：「我可否借用你的藍色原子筆？我剛想起，老師要我們明天帶回校。」

「可以！」書淇遞了一支給他，隨口問道：「弟弟，你喜歡上學嗎？」

他巒認真的想了想，回道：「喜歡！但我不想見到一些同學，他們很討厭，常常笑我大耳牛、大笨象。」

「你有告訴老師嗎？」

「有。老師有罵他們，他們總是不聽。但老師跟我說，她覺得我的耳朵和我的眼、口、鼻一樣漂亮，是有些同學不會欣賞罷了。姐姐，你覺得我的眼、耳、口、鼻是否漂亮？」

五歲的弟弟，兩隻大眼睛眨也不眨的，認真的問道。

「我當然覺得你漂亮！我以為你知道，所以一直沒有跟你說，」書淇捧着他的臉蛋。「無論人家怎樣說，怎樣批評你的外貌，你都要記着，你是我心中的天使。」

故事源起

報道指，有家長在社交網站討論帶年僅四歲的子女前往整形，更有父母儲錢帶青春期的女兒接受隆胸手術。有社工分析，年輕一代的父母及青少年對整容的接受程度越來越高，可能是受韓國文化影響。現今父母希望藉改善子女容貌，提升他們的自信，卻忽視了孩子們的自信心，應從父母對他們無條件的接納開始。

青少年應多了解自己，掌握自己的優缺點，欣賞自己的長處，努力改善短處，使自己成為更出色、更快樂的人，不應只着重外表，忽略內在美德。

《星島日報》二〇一三年九月十九日港聞版

兼職愛神

一　非一般的part-time

下課鐘聲一響，吳承家便一溜煙的往課室門外衝。

「喂，承家！你忘了我們今天要商量訪問名人的問題嗎？」陳小富追上前攔着他。「下星期便要交了！」

「我趕着去做part-time。你可以跟着來，待會我收工了，就立刻跟你討論題目，好嗎？」承家提議道。

「你往哪兒上班呀？我是否要等你『幾粒鐘』？」小富馬上板起臉來。

「不用『幾粒鐘』，十來分鐘便可以了！」承家神秘地笑道。

「十來分鐘？」小富一臉詫異的問：「你那是什麼part-time來的？偷竊？抑或打劫銀行呀？」

「想知道？跟我一起去吧！」承家搭着他的肩膀，跟他並肩離去。

兩人來到淘大商場附近的一個巴士站。

「我們要乘巴士嗎？」小富問。

「不。就站在這兒等。」承家回道。

「等誰呀？」他又問。

「等這個可人兒！」承家從褲袋掏出一張3R相片遞給他，並展露一個耐人尋味的笑容。

小富拿過相片來一看，驚道：「這個不就是我六年的級班主任施老師嗎？為何你會有她的相片？你想怎樣呀？」

承家沒有直接回答他，只道：「你不用緊張！我絕對不會傷害她。你就站在我身後當看戲好了。記着，什麼都不要説，不要做，否則我會給boss責罵的。拜託拜託！」

小富心生疑惑，但還是忍耐着，站在一旁，看看承家在做些什麼part-time。

沒多久，一輛八十九號巴士駛到站旁停下，乘客魚貫下車。

小富看見最後一個下車的乘客就是施老師，他當年最尊敬，甚至有點兒愛慕的施老師。

差不多四年沒有再見她了，她依然蓄着長髮，穿白色淡花長裙，淨色平底鞋，右肩掛着深啡色大皮袋，十分飄逸。

不知道，她還會否記得這個四年前的畢業生呢？他畢業時送她的自製輕黏土動物擺飾，她還保留着嗎？

他的「癡想」突然被打斷了。

一直守候在站旁的承家，突然衝上前去，故意撞向施老師的右肩，把她的皮袋撞跌。

「哎呀！」她受驚了，瞪了承家一眼，他卻若無其事地往前走。

小富真的惱怒，在心裏狂罵了他一頓後，正想上前替施老師拾起皮袋，卻給人搶先一步了。

那是一個約莫三十來歲的男子，穿着筆挺西裝，頭髮梳理得一絲不苟。他一個箭步上前，彎下腰替她把皮袋拾起，微笑着雙手交還給她。

「謝謝你！」施老師向他甜甜一笑，接過皮袋，習慣性地掛回右肩。

KMB
巴士站
89
BUS STOP

「剛才那學生有沒有撞痛你？」男子殷勤地問道。

「沒有！多謝關心。」施老師邊說邊邁開步走。

「我姓陳，我的公司就在那邊。現在是下午茶時間，不知道……小姐你可否賞面跟我喝杯咖啡？」男子緊追着她問。

施老師有點愕然，但隨即回復笑容。兩人並排着越走越遠，越走越遠……

「喂！」承家突然在後頭拍了小富一記。「人家走了，還望什麼？難道這個施老師是你小學時的暗戀對象？」

秘密給揭穿了。小富老羞成怒，作勢要打承家。

「我開玩笑罷了！不用那麼認真！」承家飛快退後兩步。

小富忍着怒氣問：「你快告訴我，剛才你為什麼要故意撞到施老師身上？你的老闆就是要你撞她？你快給我說清楚！」

「放輕鬆點！我只是撞跌她的袋罷了，根本沒有傷到她！」承家解釋道。「我這樣做，是工作所需而已。」

「吳承家，你這份究竟是什麼工作？」小富皺着眉頭問道。

二　邱比特公司

兩人在快餐店坐下。

承家掏出手機，上社交網絡，給他看一位「朋友」的相片。

小富揍前看了一眼，那是一名約莫二十多歲的年輕人相片。

「他是誰？」小富冷冷問道。

「他就是我的老闆！」

「他是個老闆?!」小富半信半疑地反問。「他開什麼公司呀？」

「邱比特公司。」承家回道。

「名字那麼古怪！好像是些不正當的公司名字！」

「那當然是正當的公司！」承家急急為公司辯護道。

「你有沒有聽過邱比特呢？」

「沒有。」

「邱比特是希臘神話裏的愛神啊！我做part-time的這間公司是一間求愛服務公司，老闆是我爸爸的舊同事Edward。他去年辭工，和朋友創業，開了這間公司，生意越做越好，除了固定的員工，還要聘請part-time幫忙。」

「什麼叫求愛服務？」小富不解。

「那即是替顧客製造『人造緣分』，讓他們有機會和心儀的人接觸。」承家又道。

「如何製造緣分呀？」小富還是不太明白。

「你剛才已親眼看到我如何工作啦！那個替施老師拾起皮袋的『西裝友』，是我公司的顧客，他心儀的對象就是施老師。Edward做過些資料搜集，知道施老師逢星期五會在下班後乘搭八十九號巴士到淘大花園某個單位替人補習。巴士到達時間該是四時半至四時四十五分。我的工作其實是臨時演員，負責在施老師下車時故意撞跌她的手袋，讓那『西裝友』上前替她拾起，製造一個交談機會。之後他能否追求到施老師，就是他的事。總之，我的工作完成了，錢就可以袋袋平安。」

小富聽畢，張大了嘴。

「這份是否絕世筍工？我爸爸有史以來最好的介紹就是今次。只是一個簡單動作，便掙百二蚊，我在炸雞店工作一整晚又累又受氣，還不及這個人工。我已跟Edward說了，若再有適合的part-time，一定要找我。」

「你……你這些工作，不是屬於欺騙的行為嗎？」小富質問似的道。

「欺騙？哪一方面算是欺騙？那顧客的確有這個需要，我們提供適合他的服務，就是這樣罷了。」承家聳聳肩。

「緣分是天注定的，怎能這樣造假？」小富反駁道。

「造什麼假？剛才那『西裝友』不是已經跟施老師交談了嗎？目的達到，我又有錢收，皆大歡喜，管什麼造假不造假！」承家道：「小富，你思想太守舊了。」

「若果『西裝友』想結識施老師，大可以主動向她自我介紹，不就行了？」

「唉！你以為大人世界跟我們的一樣嗎，我們對前面那女同學有興趣，可以走過去約她一起吃午飯，但男人嘛，往往越大就越害羞、含蓄，有些則天生內向，不懂給自己製造機會。你沒發覺『Chem佬』和姜Sir，一個接近四十，一個年過四十，但尚未娶妻，一跟我們Miss Fong說話，便面紅耳赤的，害羞到出面嗎？就是因為宅男越來越多，才有這類服務的需求。有demand，自然有supply。」承家說了一大堆，然後說：「好了！我們的討論到此為止。你若是仍想跟我商量訪問名人的問題，現在可以開始。若不我就回家去了。我今晚有約！」

三　守候

剛完成連續五天的測驗，終於可以輕鬆一下了。放學後，小富到學校附近的淘大商場閒逛。忽然，他記起，今天是星期五，施老師約莫四時半便會在這商場前的八十九號巴士站下車，然後步行往淘大花園某單位補習。

現在是四時二十分。

若果我到巴士站旁等候，是否會見到她呢？

若果施老師見到我，她可會認得我呢？

自從上次「巧遇」她，小富便經常想起她。想起她那柔和的眼神、恬淡的笑容，還有在他的紀念冊上以娟秀的字體寫上對他的感受和真誠的祝福。

「希望將來見到的小富，仍然保有對人的善心和對學習的認真。」

她也期望與我再相見的吧？

四時二十四分，小富趕到八十九號巴士站。

站旁沒有人龍。難道巴士比原定時間早到了？

既然來到，不妨等等吧。

小六時的我，五呎也不到，一臉稚氣。現在的我，已迅速增高至五呎七。因常練水的關係，操練了一身肌肉，樣子也比前硬朗、成熟多了，聲線不再是以前幼嫩的孩童聲。加上已相隔接近四年，施老師或許早已忘記了我。

四時三十五分。

連續三、四部巴士靠站，沒有一部是八十九號。

再等一會兒吧。

四時四十五分。

八十九號巴士終於到站了。

滿滿的一部車，大批乘客陸續下來。

他提着心，在一張又一張的臉孔中搜索，直至車門牢牢關上了。

沒有施老師的蹤影。

我只是想跟她見見面，談幾句，讓她知道，我並沒有忘記她。

原來，要「偶遇」一個人，並非想像般容易。大家的緣分盡了，或許就一輩子都不會遇上。

上次，不就是因為承家製造的人造緣分，他才得以巧遇施老師嗎？

原來，人造緣分，並不算是壞事。

八十九號巴士絕塵而去了。

陳小富，你在幹什麼呀？快些兒醒來吧！

他長出了口氣，邁開步準備回家去。

走了沒多久，後面突然傳來巴士徐徐停下的聲音。

好奇轉身一看，那……又是八十九號巴士！

他飛身跑到車門前。

第一個下車的，就是施老師。

小富喜形於色，舉起手正要跟她打招呼之際，卻看見緊隨她下車的，正是當天在人造緣分中替她拾皮袋的「西裝友」！

他倆並肩而行，還有說有笑。

想是他到施老師的學校，接她下課，並送她來這兒補習吧。

這樣推測，兩人的感情發展該不錯了。

他喜歡施老師，當然亦希望她可以有好的歸宿，生活得開心。

他看着他倆的背影，覺得這時候理應祝福她。然而，心裏卻有一股酸溜溜的感覺。

四　蜜運中？

一天午飯時，承家問小富：「你今天放學後有空嗎？可否替我做一件事？」

「你想我做些什麼？」

「你住樂華，一定知道樂華區的在職人士進修部在哪兒吧？」

小富猶豫了半頃問：「是你自己想報課程？還是為你那什麼邱比特公司做事？」

「你真醒目，連這也猜到！」承家嘻嘻笑道：「是Edward叫我替他搜集貿料！因為有個顧客的心儀對象，逢星期二下班後便會到這區的進修部上課。Edward想安排那顧客參加同一個課程，但他要確定那對象上的是哪一班才行。」

「你自己怎麼不去辦？」小富問他。

承家別過頭去，低聲爆了一句粗口，才道：「那衰人招Sir說我兩次欠交他的功課，要罰我留堂。我已說今天有事，他還是堅持要留我。還要留我個半小時！唉！沒辦法。小富，若果你肯替我辦的話，酬金我跟你一人一半，好嗎？」

小富笑道：「不用撞人推人，這樣的工作還可以接受！有顧客資料給我嗎？」

「你真夠朋友！」承家馬上拿出一張相片。「那個客的心儀對象就是這個女孩子。她下班後便去上課，我想，你五時左右便要到那進修部的大堂等待她出現，看看她入什麼課室，再問職員，在那個課室上的是什麼課程，可否中途報名等等。Easy job！」

小富接過相片一看，爆出一朵笑：「嘩！這樣的女孩子也有人願意為她花錢製造緣分？」

「你以為人人的心儀對象都像你那個美貌與智慧並重的施老師嗎？」承家嘿嘿笑道。

提起施老師，小富禁不住問道：「施老師跟那『西裝友』的關係進展如何呢？」

「這個我怎會知道？你以為我是他倆的愛情顧問嗎？」承家沒好氣地答道。

「你沒有聽那Edward提及過他倆嗎？」小富扮作不經意地追問。

「Edward之後給我的工作都跟他倆沒有關係。」承家道：「呀！有一次，我上office找Edward時，碰見『西裝友』。他的頭髮留長了，還好像電過髮，看來型了，有點飄逸。那天是平日，但他沒有穿西裝，看來神情自若、輕鬆，或許是在蜜運中？」

是在蜜運中，跟施老師？

若果他是全心全意對施老師的話，那我該替她感到高興才是。

她，畢竟是我的老師啊。

五　天賜的緣分

五一假期，小富約了認識一年的泳隊女隊員Cherry外出。

十六歲，第一次跟女孩子約會。小富「裝扮」也花了個多小時。

十時四十五分。

小富提早廿五分鐘到達等候的地點。

他在商場的影音店裏，目光隨意掃着一盒又一盒的電影DVD，一邊盼望等待的人會悉心打扮而來，給他一個意外驚喜。

「陳小富！」

背後有把女聲喚他，但……那並不是Cherry的聲音呢。

他轉過頭去一看，面前的……竟然是……施老師！

「原來真的是你！」

施老師咧嘴而笑，那笑容是熟悉的，而且令人窩心。

「我一早便見到你，但怕認錯人，會尷尬，後來看到你左手手背那顆痣，確定是你，才敢叫你！」

我手背那顆痣？那麼小的一顆痣，那麼微小的事情，她居然還記得！

「不見幾年，你們都長大了很多。早前在街上碰到美斯，不是她叫我的話，我真的認不出她了。不過，我倒還認得你。你那雙像羅志祥般的大眼睛，還是那樣明亮有神。」施老師滔滔不絕地道，「你現在好像跟我一樣高了，是否有聽我的忠告，多做運動，多吃不同的肉類和喝豆漿呢？」

「有！樣樣都有！」小富興奮得聲音也震顫起來。「我現在是泳隊的隊員，一星期有幾天都練練水。我還贏過幾面獎牌呢！」

「真好！你的學業成績又如何呢？」施老師又問。

「不過不失！我選了Chem、Bio、BAFS，其中Bio一科，我考全級第五名呢……」

跟施老師傾談，那久違的親切感回來了，他的心熱烘烘的，烘得他兩手也冒汗。

「施老師，你近來怎樣呢？」小富吞了一口涎，大膽反問她：「你結婚沒有？」

「結婚？」施老師別一別過臉，才道：「我不知道自己有沒有這一天！」

「你怎會這樣說的？你不……」

「不是跟『西裝友』拍拖嗎？」這一句話硬生生的給吞回肚裏，換了一句：「不是有很多人追求的嗎？」

「才不呢！」施老師扁扁嘴，搖頭道。

「我……」小富按捺不住問道：「早前在淘大商場，好像見到你跟一個西裝筆挺的男士一起從巴士走下，一邊談笑一邊走，我……以為你在拍拖，所以……沒有走上前去跟你打招呼。」

「居然給你看見了！」施老師掩着口，笑道。「說出來你也未必會相信！本來，我跟那位男士差一點兒便拍起拖來，但後來他告話我，原來他是透過什麼人造緣分公司聘請專人來撞跌我的手袋，以製造結識我的機會。我真的難以接受，因為我相信，人與人的相遇是天注定的，不應違反自然。這樣刻意的相識，並不是我期盼的。最後，我決定不再赴他的約會……

「Hi！」Cherry不知什麼時候已站了在我們中間。

「Hi！Cherry！你……這麼早？」我有點不知所措，說話也語無倫次了。

「我們不是約十一時嗎？」Cherry問。

「你有約會，不阻你了！有緣再見！」施老師識趣地離去了。

小富目送着她的背影遠去，不捨兼無奈。

「她是誰？」Cherry好奇。

「我小六的班主任。」

「很漂亮啊！她一定很受歡迎了。」Cherry隨意地道。

小富這時才發現，Cherry化了點淡妝，把頭髮鬈曲了，還第一次穿着高跟鞋呢！

她非常認真對待今天的約會。

「你……今天也很漂亮！」小富笑道。

「是嗎？」Cherry甜甜地笑問。

是的。小富知道，他也該認真對待他第一次的約會。

這是天賜的緣分呢。

故事源起

有求愛服務公司看準女性偏向相信緣分的觀念，向男性提供「人造緣分」服務，幫他們接近心儀對象，例如安排演員撞跌對方手袋讓男子伸出援手，或調查對方的興趣、常光顧的店鋪以製造邂逅良機。逾七成顧客為二十至三十歲，性格較內向及不諳打扮的男性。

《明報》二〇一二年二月十三日港聞版

遺棄事件

一　我在等媽媽

她的眼皮蓋上了沒多久，又再打開。

眼前一重又一重的人，朝着不同方向流動。

她奮力把眼睛撐大，在眾多的面孔上搜索。

沒有。當中並沒有媽媽的臉。

沒有方向感的媽媽，大概是迷路了。

又或者，一向粗心大意的她遺失了錢包，正沿路尋覓。

又閉上眼。

坐在冰冷的石階上，倚着落地玻璃窗，她頭一重，便進入昏睡狀態。

「妹妹，醒一醒吧！」

有人推她的肩膀。

不是媽媽。每次媽媽喚她起牀，會撥弄她的頭髮，輕揉她的臉蛋。

「妹妹！」穿制服的人拉着她的手臂猛力搖晃，把她的睡意徹底搖走。

「你的家人呢？」

「我的家就只有我和媽媽。」她擦着眼，回道。

「你媽媽在哪兒？」

「她快回來了。」她滿懷信心地道。

「她往哪兒去了？」

「她買食物去了。」

「知不知道她往哪間店舖買？我們可以替你找找。」

她猶豫了一會兒，搖搖頭道：「不知道。」

「她離開了多久？」

沒有腕錶的她，不清楚時間，只好再搖頭。

「清潔工人五時半已看見你坐在這兒，現在八時多了。」穿制服的人提議：

「你先跟我來辦公室吧！」

「我不能走！我媽媽要我坐在這兒等啊！」她堅持。

「我們用廣播替你在站內找媽媽吧。」他道。

在她遲疑之際，穿制服的人已把她拉起來。

二　狠心為她好？

「媽媽，我們是否已到香港了？」女兒守候在車廂門後，雙眼好奇地朝外探視，雀躍地問。

她站在門後，冰冷的手搭在女兒肩膀，茫然地道：「是呀。」

車廂門開了。

她牽着女兒的手，隨着從車廂擠出來的一波人潮，向着閘口的方向走。

「爸爸會否來接我們？」女兒仰起臉，笑吟吟地問。

「他要上班，工作忙呢。」

每次女兒問及爸爸，她都只能這樣回道。

除了工作以外，她想不到其他藉口可用作解釋前夫接近一年未露面的原因。

離婚後，她以為每個月靠三千元贍養費，母女倆慳慳儉儉便可過活。萬料不到，前夫居然連這基本的責任也不願意盡。她苦等兩個月，銀行戶口的存款連一毛錢也沒有增加。致電他，手機早已停用，家用電話亦打不通，公司更説他已離職。

離開妻女的他，就這樣人間蒸發。

到最後一分錢也花盡了，她只好硬着頭皮攜女兒返娘家。

然而，寄住在本已拮据的娘家，始終非長久之計。與友人商量過後，她想出此方法。

「我們是否馬上去找爸爸？」並未知道爸爸已失蹤的女兒，愉快地問道。

「我們先找點吃的吧。我餓了，你呢？」她裝作一臉輕鬆地問。

「我不餓。但，媽媽你餓的話，我可以陪你吃。」

「好。你先坐在這兒等，我去買點麪包回來跟你一起吃。」

「嗯。媽媽你不用急，我等你。」

她把女兒安頓在港鐵站大堂落地玻璃窗前的石階，然後頭也不回的往前走，拐

通告

了兩個大彎，到一個她可以看到女兒，女兒卻看不到她的地方等。

看着女兒一次又一次的站起來，探射燈似的雙眼四處搜尋她的蹤影，又或是累得倒下便旋即入睡，小頭兒一下一下的向前傾。有好幾次，她想衝過去把女兒扶起，就這樣帶她回家算了。最後她還是忍住，拚命忍住，直至見到穿制服的保安員發現女兒，把她帶走。

這下，她才抹乾淚水，踏上歸家之路。

三　失蹤真相

在下班前八分鐘，同事把這個女孩子帶到港鐵辦公室。

「Grace，麻煩你照顧着她。」

她看看這個蓄短直髮、皮膚黝黑、一身衣着似是內地人的女孩。

從剛才兩次的廣播中，Grace已知道有女孩跟家人失散了。

平日，這類的廣播，家長會在數分鐘至數十分鐘內出現，一臉釋然地把孩子接走。

現在，距離第一次廣播至今已超過半個小時，家長仍未出現。Grace不禁有點擔心。

「你叫楊敏，是嗎？」Grace從廣播中得知她的名字。「我猜你仍未吃晚飯。我有些芝士夾心餅，蠻好吃的，你試一試吧！」

楊敏猶豫了片刻，才伸出手，在盒裏取了一塊，吃起來。

「Jacky，你可有問過她有否家人的聯絡電話？」Grace問同事Jacky道。

「問過了。什麼電話也說不出。」Jacky回道。

「楊敏，我叫Grace。」Grace輕聲跟她道：「你身上有身分證或其他證件嗎？」

「有。」楊敏把她衣袋裏的證件套連證件掏出，遞給她。

她接過一看，套裏有楊敏的香港身分證和一張字條。

「楊敏在香港出生，今年十歲。父母已在前年年底離婚。爸爸楊毅華乃香港人，曾在筲箕灣俊威貿易公司工作，現已離職，下落不明。媽媽朱汶居於中國大陸，乃楊敏的主要照顧者，但因楊毅華沒有支付贍養費，並斷絕聯絡，迫於無奈下，本人只有把女兒楊敏送回香港，由你們替她尋回爸爸。如未能尋回，則希望香港政府代為照顧楊敏，讓她在這兒愉快生活，接受教育。」

Grace輕歎了口氣。把字條遞給Jacky，悄悄地道：「我相信要報警了。」

聲音雖輕，楊敏還是聽到了。

「為何要報警？我犯了事嗎？」她惶恐地連聲問道。

「你當然沒有犯事！不用怕！」Grace撫一撫她的頭髮道：「我們暫時未能找到你媽媽，要請警察幫忙找一找。若果找到，你便可馬上跟媽媽走。」

「如果……如果找不到呢？」楊敏兩邊嘴角往下垂。

「香港的警察很厲害的，一定找到她。」Grace微笑道：「如果今晚未找到，他們會先送你去一個暫時的家，有牀有浴室，你可以洗個熱水澡，舒服睡一覺。」

「我在香港，什麼人也不認識。我知道我爸爸在香港……但是，我已很久沒有見過他，可能，他連我也不認得了。」

「楊敏，你想回你媽媽身邊，還是爸爸呢？」Grace嘗試平伏她的情緒，然後問道。

「媽媽。我只想要我媽媽。」楊敏肯定地道。

「你記着，將來會有許多人一次又一次問你這個問題，你一定要清楚告訴他們你的意願——你要回到你媽媽身邊。」

四　絕世好計謀？

當朱汶第三次來問她借錢，她不禁皺眉。

「我不是不想幫你，不過，你總不成一輩子借錢度日吧？」鍾淙道。

「我哪有辦法呢？我自己有病，又帶着女兒，不能出去工作。就算可以工作，我又能做些什麼？香港有綜援，我們呢？沒工作，就只有餓死。」

「你女兒阿敏不是在香港出生的嗎？你那衰老公不理你們，你大可以把阿敏送回香港去，靠政府養，又可以在香港讀書，你就不用操心啦！」鍾淙提醒她。

「我那衰老公失蹤了，我在香港什麼人也不認識，你說送阿敏去，怎樣送呀？將她交給誰？」朱汶無奈地道。

「辦法當然有，看你肯不肯試。」

「說來聽聽。」

「你把她帶去羅湖港鐵站，就讓她獨自留在站裏，自會有職員報警，把她帶走。你不用擔心她會捱餓捱凍，香港是講人權的，政府自會照顧她的衣食住行，更何況她是有香港身分證的，教育費全免，多好啊！」鍾淙巴啦巴啦的把所有好處列舉出來。「而且，你可以趁機把你老公引出來。你可以先寫一張字條，寫清楚丈夫的名字，說明阿敏的爸爸就是他。就算警察找他不到，也會在報章刊登阿敏的相片和資料。你那衰老公看到，或許會自動現身，到時你不就有機會向他追討贍養費嗎？」

朱汶聽了，心裏湧起一個又一個的疑問。

「我把阿敏獨自留在站裏，我怕在職員發現她前，她已被拐子佬拐走。」

「不會的！港鐵站裏有保安，治安很好，拐子佬也不會在那兒出沒。你大可以放心！」

朱汶想了想，還是搖搖頭。

「阿敏一定不肯獨自留在港鐵站，沒可能的！她已經十歲了，我怎跟她說呢？」

「不用跟她說什麼，千萬不要讓她知道。編個謊言，哄她乖乖在站裏等你，不就行了？」

五　我只想要……

「這位太太，請問我有什麼可以幫忙？」Grace見清潔工霞姐把一名中年婦人帶來職員辦公室，遂問道。

「我想找回我的女兒，帶她回家。」婦人蒼白瘦削的臉上，有斑駁的淚痕。

「太太，請問你是在哪個站與你女兒失散的？」

「在這個站。」

「是什麼時候失散的？」

「上星期五。」

Grace怔了一怔，半晌，明白過來了。為了確定一下，她問：

「你的女兒叫什麼名字？」

「楊敏。楊柳的楊，聰敏的敏。我……當時準是瘋了，竟然聽朋友的意見，把阿敏留在站裏……我以為這樣，可以迫我前夫露面。我覺得……很對不起女兒！原來，我沒有了她……是不行的！求求你，把我女兒帶回來給我！我只想要我的女兒……」

故事源起

一位內地單親媽媽聲稱，因與前夫離婚，前夫拒付贍養費，為了引出丈夫，以及希望女兒得到香港政府和社署照顧，於羅湖港鐵站遺棄十歲女兒。女童最後被保安發現，母親自首，承認拋棄兒童罪，判監兩個月，緩刑兩年。

《星島日報》二〇一三年十二月二十四日法庭版

後記

君比

大半年前，〈我的叛逆之路〉（《成長路上系列7》）主角Yoyo給我介紹了她的朋友m。第一次和m通手機短訊，她略述了自己小時候被繼母長期虐待的事，和她兩名有自閉症仔仔的遭遇，希望我可以撰寫他們的故事。

第一次看m的Facebook，驚覺這個嬌小玲瓏的家庭主婦實在能幹。她獨力照顧兩個自閉兒子，並策劃許多慈善活動，例如為老人院的老友記編織頸巾及找贊助商贊助禮物，到老人院贈送歲晚福袋。她也還經常為自閉症孩子和家長安排活動，如運動會和節日慶祝，還去主持許多講座，如在教育大學向言語治療學系學生講述自閉症兒童的特徵和困難，更接受不少傳媒的訪問，講述照顧自閉兒童的心路歷程，讓大眾知道多一些關於自閉症的資訊。社會上多一些包容和支持，自閉症兒童和家長的漫漫長路會比較易走。

Facebook裏除了記錄m策劃過的活動，還有他兩名兒子的成長點滴。兩兄弟幾乎沒有任何的衝突，雖然弟弟不懂説話，不懂玩哥哥最愛玩的遊戲，兩兄弟沒有真正的對談，就只有哥哥跟弟弟説話，但哥哥幾乎每一個舉動或每一句話都包含着對弟弟的愛。他在祈禱小冊子寫的願望，沒有一個是為自己的，全部都是為弟弟而祈禱。雖然哥哥自己在學校常被欺凌，和同學的相處有很多問題，但，一到撰寫願望，他還是先想到弟弟的需要。

媽媽曾不止一次跟他談到，有朝一日，爸媽離去後，弟弟將由誰來照顧這個問題。每一次，哥哥都是很肯定的説：「我一定會負責照顧細佬，永不離棄他。」一年紀小小已有強烈的責任感，真不簡單。

第一次訪問m，她親自向我述説幼年和青少年時期所受的身心虐待時，她不禁哽咽。我把她的經歷放了在我的《夜青天使系列》裏，而關於她兩個自閉症孩子的成長故事，則放在這《成長路上系列》作一個短篇小説。

作為自閉孩子的家長，m的孩子常因為一些異常的行為或噪音而引起途人的注目，當中有很多歧視的目光，嘲笑、奚落甚至怒罵。作為家長，m只有默默忍受，她所承受的壓力可想而知。

記得m曾經跟我説過，有一次他帶兒子去一個室內活動場所玩耍，小兒子因興奮而拍手大叫，有一家長故意高聲地説：「若果兒子是傻的，就不應該帶出來玩啦！」很明顯是衝着她而説的。當天情緒已有點低落的m，聽到之後，深感委屈。自從大兒子出世至小兒子幾歲大，這十年間她已受盡旁人的白眼。每天數次至十幾次向陌生的人解釋兒子狀況，還是不夠，每天都有陌生人當她兒子是傻子。這天在活動室裏，在她快要哭出來前，她想帶小兒子離開，但他嘻哈笑着，完全不介意被奚落，還故意跑前幾步讓媽媽來追。m決定把淚水往肚裏吞，重拾笑臉，和兒子繼續玩耍。

為了兒子，她認為忍耐是值得的。

書中故事主角母親的感言

星兒媽媽

〈誰明星兒心〉

非常感謝君比老師寫關於我兩個仔仔的故事前，花了一天時間跟我面談，了解我由懷孕前，到兩兄弟降生後和他們生活的所有點點滴滴，再用一天時間來我家和兩兄弟相處，用心傾聽哥哥的內心世界，弟弟仍未會説話，君比老師亦花心思留意他的一舉手一投足，盡力想了解弟弟想表達的。

收到故事的初稿，看着看着眼淚已開始不停流，故事的開端哥哥選擇誰做她的媽媽一段已令我非常感動，因我一直也跟君比老師説，上天一定是相信我有能力才安排兩個孩子給我，我亦深信我是孩子自己所挑選作為他們母親的，看着初稿就像重新再經歷這十年多和兩兄弟共度的每分每秒。

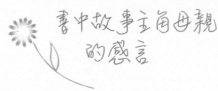

自閉症孩子因不善表達，活於自己的世界，想法和溝通方法亦有自己的一套，所以坊間人士覺得他們不是屬於地球的，稱他們作「來自星星的孩子」，而同路人家長就稱孩子作「小星星」，家長們也覺這稱呼比較可愛些吧。小星星在其他人的眼中或一點也不可愛甚至覺得可惡，但作為媽媽，我覺得他們是無比珍貴的，是最可愛的孩子，他們沒機心，不會矯揉造作，愛恨分明，亦因他們天生的固執，對「愛」比任何人也堅持。

多謝君比老師用細膩的筆觸寫出哥哥的內心世界及對弟弟的愛，亦寫出了弟弟對哥哥那無言無語真摯的情感，我的兩位星星王子或許不像太陽般光芒萬丈，但他們是我的夜空中最明亮的兩顆星星，小星星的路是難行的，但我承諾我會花一生去愛和守護我的兩位星星王子。在此感謝君比老師為我兩兄弟寫了這個屬於他們的寫實故事，希望藉着兩兄弟這小小的故事，能令更多人願意接納這班「來自星星的孩子」。

君比・閱讀廊
成長路上系列⑧
誰明星兒心

作　　者：君比
繪　　圖：步葵
策　　劃：甄艷慈
責任編輯：周詩韵
美術設計：李成宇
出　　版：山邊出版社有限公司
香港英皇道499號北角工業大廈18樓
電話：（852）2138 7998
傳真：（852）2597 4003
網址：http://www.sunya.com.hk
電郵：marketing@sunya.com.hk
發　　行：香港聯合書刊物流有限公司
香港新界大埔汀麗路36號中華商務印刷大廈3字樓
電話：（852）2150 2100　傳真：（852）2407 3062
電郵：info@suplogistics.com.hk
印　　刷：中華商務彩色印刷有限公司
香港新界大埔汀麗路36號

二〇一八年六月初版

ISBN: 978-962-923-463-8

18/F, North Point Industrial Building, 499 King's Road, Hong Kong
Published and printed in Hong Kong